나는 나를
응원한다

나는 나를
응원한다

초판 1쇄 찍은 날ㅣ2010년 01월 11일
초판 1쇄 펴낸 날ㅣ2010년 01월 15일

지은이ㅣ김연우
펴낸이ㅣ서경석
펴낸곳ㅣ도서출판 청어람
등록번호ㅣ제1081-1-89호
등록일자ㅣ1999. 5. 31
주소ㅣ경기도 부천시 원미구 심곡2동 163-2 서경B/D 3F (우) 420-011
전화ㅣ032-656-4452 팩스ㅣ032-656-4453
http://www.chungeoram.com
E-mailㅣeoram99@chollian.net

ⓒ 김연우, 2010

ISBN 978-89-251-2049-2 03810

나를 찾아 떠나는 일주일 여행

나는 나를
응원한다

청어람

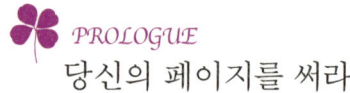

당신의 페이지를 써라

누구나 책을 읽기 시작할 땐 그 안에서 무언가를 얻고 그것으로 인해 자신의 삶이 변하기를 기대한다. 하지만 책을 읽고 그것을 삶에서 실천하지 않는다면 그것은 시간을 낭비한 것이나 다름없다. 그런데 사실 이런 시간 낭비를 하는 독자들이 많다. 읽기만 하면 뭐든지 다 된다고 믿는 것은 아닐 텐데 왜 실천하지 못하는 것일까?

하지만 실천에 대한 부분에 있어 게으름은 개미 역시 마찬가지다. 개미들을 모아놓으면 30%는 일을 하지 않고 논다. 그렇다고 그 30%만 다른 곳에 두면 나머지 70%가 다 일을 하는 것도 아니다. 또 남겨진 개미들의 30%는 일을 하지 않는다.

결국 어떻게 되었든지 '개미 집단의 30%는 일을 하지 않는다'는 이론이 성립된다. 이와 마찬가지로 회사 역시 일을 하지 않는 직원이 일정 부분 존재한다. 어느 회사든 지 남들보다 현격하게 일을 하지 않는 직원이 반드시 있 다. "우리 회사는 정말 바빠서 매일 야근인데 어떻게 일 을 하지 않는 직원이 있겠어요?"라고 말할 수도 있다. 내 가 가장 중요하게 생각하는 것 하나를 여기서 더 말하자 면 '야근을 한다고 반드시 그가 일을 하는 건 아니다'라 는 것이다. 남들이 야근을 하니 자신도 어쩔 수 없이 야 근을 하는 경우라면 그는 야근할 때 할 것들을 남겨두기 위해 근무 시간에 아예 일을 하지 않을 수도 있다. 결국 악순환이다.

언젠가 어느 경영학자가 기업을 전자제품에 비유한 이야기를 들었다. 종업원 중에 2~3%는 '핵심부품'이고 이들이 실질적으로 기업의 발전을 가져온다. 그리고 5~6%는 '신기술 부품'이고, 새로운 엔진이다. 그리고 나머지 90% 이상은 '배터리'라고 표현했다. 기업이 현 상유지를 하기 위해 제자리에서 일하는 사람이라는 말이 다. 월급으로 매달 한 번씩 충전만 해주면 늘 같은 방식 으로 기계처럼 일을 하는 직원이라는 뜻이다.

당신도 90%의 배터리가 되고 싶은가? 밥만 주면 열심히 일을 하는 소처럼 살고 싶은가? 가끔씩 쓰다듬어 주면 하루 종일 재롱을 떠는 강아지처럼 살고 싶은가? 아마도 당신은 그런 삶을 살지 않기 위해서 책을 읽는 등의 자기계발을 하고 있을 것이다. 그렇다면 왜 실천은 하지 않는가? 실천하는 자는 10%의 우수한 인재가 되지만 그렇지 않은 자는 그들을 부러워하며 그들이 잘되는 것은 그저 '운'이라 치부하는 비겁한 '배터리'의 삶을 살게 될 것이다. 잘 알겠지만 배터리는 언제 어디서든 버리고 쉽게 구매할 수 있다. 배운 지식과 정보를 습득하고 실천하지 않는다면 당신은 언제든 버려질 것이다. 기억하라. 절대 회사는 당신을 충전시켜 주지 않는다. 그냥 버리고 새로운 배터리를 구매할 뿐이다. 그러므로 당신 스스로 자신을 충전해야 한다.

그리고 당신의 능력을 믿어라. 성공한 사람과 실패한 사람을 구분 짓는 차이는 믿음이다. 믿음이란 한계를 넘게 만드는 추진력과도 같다. 반면, 자신에 대한 믿음이 없다면 한 걸음도 움직일 수 없다. 우리가 성공하지 못하는 이유는 능력이 부족한 것이 전부가 아니다. 대부분 포기하기 때문에 실패하게 된다. 아무것도 보이지 않는 어두운 현실을 이기고 앞으로 나아가도록 할 힘이 바로 당신에게 있음을 기억하라. 이 책을 읽고 있는 당신이라면 충분하다. 다만 실천하고, 다시 한 번 실천하라. 당신이 알고 있는 책의 마지막 페이지는 결코 마지막 페이지가 아니다. 다음 페이지는 당신의 삶이 쓰게 해야 한다. 세상에서 가장 멋진 책은 당신의 삶이 되어야 한다.

새로운 햇살을 맞으며
2010년 1월 김연우

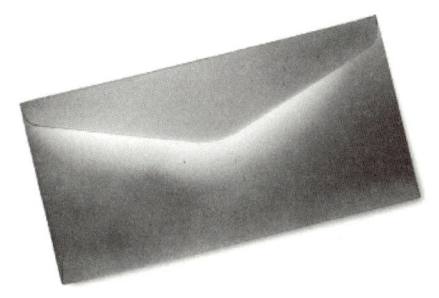

오랜 시간 동안 성공에 관한 그릇된 방법에 교묘히 세뇌당해
生과 死의 경계를 아슬아슬하게 유영하며
세상에게 자신이 가진 모든 삶과 시간을 팔아가며 살면서도
내가 바라는 것과 나를 기다리는 것에 대한 일치를
단 한 번도 성공하지 못한 수백만, 아니 수천만의 사람에게
죄 없음을 선포하며
이제 나는 당신의 삶을 아주 특별하게 만들 이룸에 대해
이야기하려 한다.

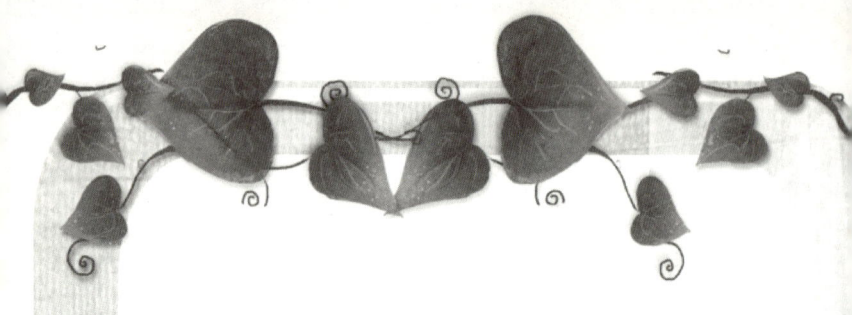

프롤로그—당신의 페이지를 써라

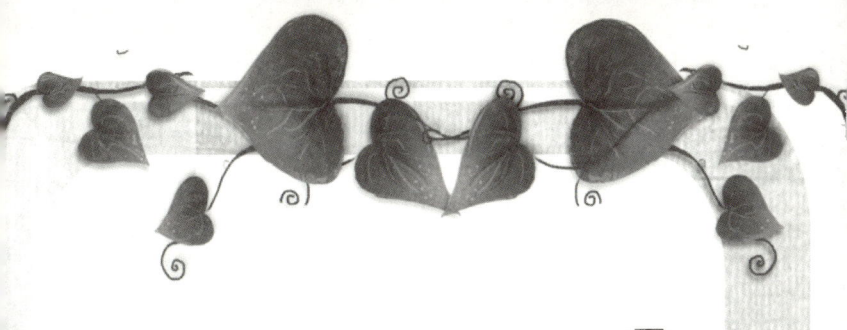

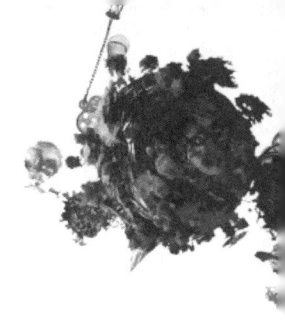

집 우편함에 뉴스 속보처럼 날아오는 밀린 카드 대금 독촉장과 뼈아픈 식욕… 이젠 정말 견디기 힘들다. 삶이라는 놈 앞에 과장된 몸짓으로 내숭이라도 떨고 싶은 마음에 나는 집 앞 가로등 아래에 힘없이 앉아 있었다. 무엇을 할 힘이나 의욕도 남아 있지 않아 그저 앉아 있을 뿐이었다. 나는 생각했다. 지금은 시든, 그러나 한 번쯤은 징그럽게 아름다웠을 꽃처럼 사람이라면 한 번쯤은 징그럽도록 아름답게 피어날 수 있을 거라고. 그리고 그때 가장 나다운 나를 발견할 수 있고 원하는 것을 이루어 낼 수 있으리라고. 수십 번 질문하고, 수십 번 대답했다.

내가 아닌 나의 풍경과 수없이 절교하며 가장 나다운 나를 발견할 때 비로소 파도의 날개가 되어 파닥일 수 있겠지. 그동안 내 의지보다 강한 바람은 내 모든 것을 날려버렸고, 나는 그저 바라보고 있을 수밖에 없었다.

많은 생각 속에 해가 지고 있을 무렵, 먼 곳에서 강아지 소리가 들렸다. 얼마 지나지 않아 주인을 잃은 것 같은 남루한 강아지 한 마리가 내 앞을 서성였다. 멀리에서 보았을 땐 그저 더러운 줄로만 알았던 강아지는 회복이 불가능할 만큼 심하게 부패되어 있었다. 쓰레기통에 버려진 생선처럼 뼈만 남아 자신의 흐릿한 존재를 알려주고 있었다. 하지만 그것보다 더 큰 문제는 강아지의 목에 걸린 쇠줄이었다. 주인이 그 쇠줄을 언제 걸어주었는지 정확히는 모르겠지만 꽤 오래전이었을 거란 생각이 들었다. 쇠줄은 부쩍 자란 몸의 크기를 감당하기 못하고 조그만 생명을 강하게 조이고 있었다. 강아지의 목은 생살이 드러날 정도로 끔찍했다. 가엽긴 했지만 나는 못 본 척 일어나 반대편으로 발걸음을 옮겼다.

그렇다. 지금 내겐 다른 무언가에 관심을 쏟을 여유가 없었다. 그렇게 스스로를 위로했다. 얼마나 걸었을까. 걸레질을 하는 듯 쓰윽, 쓰윽 하는 소리가 등 뒤에서 들려왔다. 돌아보니 좀 전의 그 강아지가 이제는 걸을 힘도 없어 온몸으로 자신의 몸을 밀며 나를 따라오고 있었다. 그 모습은 그저 강아지 한 마리의 몸부림이 아닌, 마치 하나의 풍경과도 같았다. 아무도 받아주지 않는 세상에서 끈질기게 몸부림치는 나처럼 강아지 역시 누군가의 도움을 간절히 원하고 있었다. 더 이상 외면할 수 없었다. 그럴 처지는 아니지만 나는 강아지를 안고 동물병원으로 달려갔다.

끙끙과 함께 강아지 목에 걸린 쇠줄이 끊어지고 마침내 수술이 시작되었다. 몸이 워낙 약해진 상태라 마취를 할 수 없었기에 강아지는 눈을 뜬 채 그 모든 고통을 그저 견딜 수밖에 없었다. 얼마나 아플까. 사실 내가 그 아픔을 짐작할 수는 없었다. 다만 그런 강아지를 보며 내 목에 걸린 줄을 생각할 뿐이었다. 나이가 들수록 세상은 나에게 너무나 많은 것을 원했다. 언젠가부터 느꼈다. 내가 해나가야 하는 것들은 강아지 몸의 크기처럼 커져만 가는데, 나를 기다리고 있는 쇠줄은 그 견고한 모습을 유지하며 나의 욕심만큼 커지지 않는다는 것을. 그리하여,

저 강아지처럼 내 목 역시 너무나 답답했다.

수술은 1시간이 지난 후 끝이 났다. 의사가 다가오더니 정이라곤 느껴지지 않는 직업적인 어투로 말했다.

"수술은 잘되었습니다. 걱정하지 않으셔도 됩니다."

"네, 감사합니다."

"수술비는 40만 원입니다."

"네? 40… 만 원이요?"

나는 두 손을 주머니 깊숙이 찔러 넣으며 놀란 눈으로 말했다. 다른 사람의 아픔보다 내 아픔에 먼저 시선이 가는 내 눈은 내가 생각해도 눈물겹도록 사람다운, 현실적인 눈이었다.

하지만 나에게 병원비를 협상할 권리는 없었다. 돈을 지불하기 위해 뒷주머니에서 지갑을 찾았다.

"어! 지갑이 어디 갔지……?"

그제야 더 이상 필요하지 않을 것 같아 며칠 전에 길거리 쓰레기통에 미련없이 버린 지갑이 생각났다. 나는 숨을 크게 몰아쉬며 주머니 속에 달랑 하나 남아 있는, 마지막 비상금이 들어 있는 카드를 꺼내 간호사에게 내밀었다. 그때, 오전에 있었던 일이 머릿속에 떠올랐다.

"근영아, 이런 말하기 미안하지만… 어제 카드 회사에서 빌린 돈을 이번 달 안에 다 갚지 못하면 이 집을 압수하겠다는 전화가 왔었어."

내가 여섯 살 때 아버지가 돌아가신 후 어머니는 단 한 가지 생각만 하셨다. 그것은 바로 공부. 어머니는 가진 것 없는 사람이 성공할 수 있는 단 한 가지 방법은 공부밖에 없다고 늘 내게 말씀하셨다. 그리고 나는 어머니의 말씀대로 누구보다 열심히 공부했다. 그 고통이 먼 미래에 편안한 삶을 가져다줄 것이라고 생각했다. 아니, 확신했다. 하지만 결국 내가 그렇게 열심히 공부해서 얻는 것이라곤 먹고살기 위해 죽도록 일하면서도 정작 아침밥조차 먹지 못하는 아이러니한 삶과 도저히 감당할 수 없는 빚뿐이었다. 결단코 말하지만 빚, 그것은 나의 게으름이나 낭비벽 때문에 생긴 것이 아니었다. 핑계 없는 무덤이 어디 있겠느냐마는 어릴 적부터 몸이 아팠던 동생이 집보다 병원에서 생활하는 날이 많았다. 그래서 나는 어쩔 수 없이 병원비와 생활비를 벌기에도 빠듯한 삶을 살아왔던 것이다.

마지막 비상금을 강아지 수술비로 지불하면서 이제 나는 정말 빈털터리다, 라는 생각이 내 목을 더 답답하게 만들었다. 언젠가 내 목도 편해질 날이 오기는 하겠지.

하지만 나의 바람은 항상 이루어지지 않았다. 내 인생에 불행이란 불행은 이제 끝이겠지, 하고 생각하면 아침 해가 익숙하게 떠오르듯 불행이라는 놈 역시 더욱 강한 힘으로 다시 나를 찾아왔다. 마치 숙명처럼……

멍하니 서 있는 나에게 간호사가 어깨를 툭 치며 얘기했다.

"저기……"

나는 그제야 생각에서 빠져나와 간호사에게 말했다.

"네… 치료비는 완불된 거죠?"

"치료비는 완불되었습니다. 강아지는 일주일 후에 찾아가세요. 수술을 했기 때문에 감염의 위험이 있습니다. 입원을 하는 게 안전해요. 참, 강아지 보관비는 나중에 지불하시겠습니까?"

세상에, 강아지 보관비라니! 이젠 정말 미치기 직전이었다. 오늘 처음 본 강아지의 수술비도 모자라 보관료까지 내야 하다니. 하지만 어릴 적부터 마음이 약한 나는 그러겠다고 대답한 후 밖으로 나왔다. 내 안의 나는 '대체 무슨 돈으로 강아지 보관료를 낼 것이냐'고 되묻고 있었다. 키우지도 못할 바에는 차라리 그냥 병원에서 강아지 숍에 팔아 좋은 주인을 찾아주는 게 좋을 것이라는 생각이 지배적이었다.

하늘을 보니 밤하늘에 별들이 빛나고 있었다. 몇 년 만에 바라보는 하늘인지 모르겠다. 대체 지금껏 어떻게 살았기에 하늘조차 바라볼 여유를 가지지 못했던 것일까. 그리고 그렇게 살아서 얻은 것은 대체 뭐란 말인가.

무거운 발걸음으로 내 집처럼 익숙한 통로를 따라 동생이 누워 있는 병실로 들어갔다. 병실에는 마침 담당 의사가 있었고 의사는 나를 보더니 기다렸다는 듯 잠시 이야기를 하자며 자신의 방으로 나를 데리고 아니, 끌고 갔다.

"언제 수술시키실 겁니까?

의사는 방에 들어가자마자 대뜸, 따지듯이 나에게 질문을 던졌다.

네 달 전, 동생은 췌장암이라는 병을 선고받았다. 췌장암이라는 것이 본래 별다른 통증이 없기 때문에 조기 진단이 어렵다고 한다. 병을 발견했을 때는 이미 다른 장기로 전파되어 근치를 위한 절제가 불가능한 경우가 많지만 동생의 경우엔 소화불량으로 병원에 갔다가 의사의 권유로 진찰을 받아 다행스럽게도 조기에 발견해 절제 수술을 받을 수 있었다. 하지만 내게 동생을 수술시킬 돈이 있을 리 없었다. 아버지가 돌아가시고, 가족 모두를 책임져야 한다는 충격과 상처가 지금까지 이어져 이렇게 동생의 수술 하나도 시켜줄 수 없는 현실이 찾아온 것이다. 하지만… 어쩌면 그것은 핑계일 수도 있다. 동생이 수술을 하지 못했던 이유를 좀 더 솔직하게 말하면 순전히 내 책임이다. 보험에 가입을 해 두었거나, 가족을 위해 조금 더 신경을 썼더라면 이렇게 동생의 수술을 미루지 않았을 것이고, 지금쯤 동생은 쾌차하여 그 나이의 또래 아이들처럼 연애도 하고, 행복을 꿈꾸며 아름다운 나날을 보내고 있었을 것이다.

그때, 그런 나의 마음을 꿰뚫고 있는 듯 의사는 격양된 어조로 말했다.

"이제 더 이상 기다릴 수 없습니다. 네 달 전에는 간단한 수술로 완치할 수 있었지만 날이 갈수록 상태가 안 좋아져 일주일 안에 수술을 하지 않으면 이젠, 목숨을 장담할 수 없습니다. 빨리 결정해 주시기 바랍니다."

가장 현실적인 것이 가장 징그럽다. 지난 네 달 동안 나는 현실을 피할 수 없었기에 가장 현실적인 삶에서 징그러운 시간들을 견딜 수밖에 없었다. 나는 의사의 방에서 나와 세상에서 가장 무거운 몸을 이끌고 동생에게 발걸음을 옮겼다. 동생은 힘든 치료에 지쳐 잠이 들어 있었다. 나는 그런 동생을 가만히 바라보았다. 탄력을 잃어 늘어진 피부, 항암제의 부작용으로 듬성듬성 빠져나간 머리카락… 동생은 색 바랜 잉크처럼 시들어 있었다. 나는 힘없이 누워 있는 동생에게 다가가 손을 잡으며 아주 작고, 깊은 목소리로 얘기했다.

"오빠가 꼭 수술시켜 줄게. 절대 이렇게 그냥 두지 않을 거야."

눈물이 흐르기 시작했다. 가슴이 찢겨 조각나는 것 같은 아픔을 느끼며 나는 동생의 손을 더 꼭 잡았다.

내가 원하는 삶은 이런 것이 아니었다. 누구보다도 열심히 공부하는 동안 장밋빛 미래가 아닌 다른 것은 생각해 본 적도 없었다. 하지만 그런 나를 기다리고 있는 것은 결국, 동생을 치료해 줄 돈마저도 없는 무능함과 이젠 자연스러워져 버린 눈물뿐이었다.

병원 밖 창문으로 태양이 빛나고 있었다.

나는,
태양을 집어삼키고 싶었다.

늦었다고 생각했을 때는 사실 이미 너무 늦은 때이다

우리 주위에는 늦었다고 생각할 때가 가장 빠른 때라고 말하는 사람이 많다. 왜 그런 생각이 보편적이 것이 되었을까? 사실 늦었다고 생각할 때는 정말 늦은 때이다. 물론 늦었지만 그때라도 시작하는 것이 인생에 도움이 될 거라는 위안 섞인 말일 테지만, 때를 놓친 사람은 자신이 이루고자 하는 것을 확실하게 이루기 어렵다. 분명 어떤 부분이 모자라거나, 만족스럽지 못한 결실을 얻을 것이다.

이젠 너무 늦었다고 생각하기 전에 이루고자 하는 일을 시작하라. 우리는 항상 시작점에 위치해 있다. 그 위치에 서 있는 이상 무엇이든 새로 시작할 수 있는 용기도 갖추고 있는 셈이다. 내 안의 적은 '이제 와서 무얼 한다고 해도 너는 새롭게 시작할 수 없어' 라고 말하겠지만 당신의 주인은 당신이다.

당신 스스로 너무 늦었다고 생각하지 않는다면 포기할 때가 아니다. 회복의 유일한 길은 다시 시작하는 것이다. 늦지도 않았는데 늦었다고 스스로를 위로하며 자포자기해서는 안 된다. 남의 말을 듣고 스스로 늦었다고 생각하는 순간, 정말 늦은 것이 되어버리는 것이다.

'성공'은 당신이 지난날들에 대해 무엇을 얼마나 견뎌냈는지 알고 있다.

Chapter 1

99+1은 몇인가?

회사에 출근한 나는 일에 집중하지 못하고 친구들에게 전화를 걸며 동생 수술비를 빌려달라는 부탁을 하고 있었다. 여러 번의 거절을 당하고 마침내 핸드폰에 저장되어 있는 마지막 친구에게 전화를 걸었다. 친구의 첫마디는 오전 11시의 햇살처럼 경쾌했고 반가움이 가득한 목소리였다.

"어! 근영아, 아침부터 웬일이니?"

여러 번의 거절로 위축되어 있던 나는 망설이며 말을 꺼냈다.

"음… 부탁할 게 좀 있어서. 동생이 많이 아파서 수술을 해야 하는데, 혹시 가진 돈이 있으면 좀 빌려줄 수 있니?"

좀 전까지와는 다르게 친구는 갑자기 부산을 떨며 말했다.

"응? 뭐라고? 잠깐만, 나 갑자기 손님이 찾아와서. 우리 나중에 통화하자."

전화를 끊으려 하는 친구의 목소리를 듣고 나는 마지막 숨을 몰아쉬며 유언을 하듯 다급하고 안타까운 음성으로 말했다.

"잠깐만, 잠깐만… 내 얘기 좀 들어봐. 제발, 이렇게 전화를 끊지 말아줘."

그렇게 나는 끊어진 수화기를 들고 친구에게 채 하지 못한 말을 속삭였다. 하지만 나의 말은 허공에 붕 뜬 메아리처럼 수화기를 타고 다시 나에게 돌아왔다.

"동생이 정말 많이 아프단 말이야."

수화기 아래로 주체 못할 눈물이 흐르고 있었다.

"내 동생이 죽을지도 모른단 말이야……."

"어이, 김 대리."

부장이 찾는다는 말을 듣고 나는 슬퍼할 시간도 없이 급히 눈물을 닦고 부장실에 찾아갔다. 부장은 매우 기분이 좋지 않아 보였다. 그 모습에 나는 가슴속에 맺혀 있던 한 방울의 눈물까지 말끔히 닦아내고 거의 반사적으로 아무렇지도 않은 듯 웃으며 인사를 했다. 이것은 실로 눈물겨운 반사작용이었다. 하지만 그런 반사작용에도 어쩐 일인지 부장은 인사도 받지 않고 나에게 호통을 치기 시작했다. 나는 순간적으로 뭔가 불길한 일이 생길 것임을 직감했다.

"자네, 요즘 일을 하고는 있는 건가? 저번엔 바이어에게 큰 실수를 해서 회사에 막심한 피해를 주더니 이젠 아예 일도 하지 않겠다는 건가? 매일 자리를 비우며 전화만 해대고. 회사가 무슨 자네 놀이터인 줄 알고 있는 건가?"

"죄송합니다, 부장님. 요즘……."

나는 나에게 닥쳐 있는 상황을 이야기하려다가 참았다. 아니, 참았다는 말보다는 그런 생각조차 버렸다는 말이 더 어울릴 것이다. 사회라는 곳은 내 개인 사정을 들어줄 만큼 여유롭지 않다는 것을 이미 알고 있었기 때문이다. 이런 깨달음 역시 이젠 익숙해져 버린 반사작용의 일종이었다. 하지만 나의 그런 견딤의 노력이 없었더라도 부장은 내 입을 막았을 것이다. 부장의 다음 말이 그것을 증명했다.

"김 대리……."

부장은 특유의 목소리로 엄숙한 분위기를 만들었다.

"말씀하십시오, 부장님."

말씀하십시오, 라는 말을 내뱉긴 했지만 실은 부장의 말을 듣고 싶지 않았다. 부장의 말투는 곧 거대한 파도가 밀려온다는 소식을 전하려는 사람처럼 진중했기 때문이다.

"이번 달에 회사 내에서 대폭 감원이 있을 예정이네. 자네는……."

자네는, 이라는 부장의 말꼬리에서 자네도, 라는 말맺음을 하고 싶어하는 부장의 심중을 파악할 수 있었다. 다만 부장도 사람인지라 말을 돌려서 하고 있을 뿐이었다. 나는 순간, 퇴사를 권고 받은 수많은 직장인을 생각하면서도 왜 거기에 내가 끼어야만 하는가? 하필이면 왜 나일까, 라는 억울한 생각이 들었다.

회사에서 원하는 것과 내가 원하는 것은 항상 일치하지 않았다. 어찌 보면 그것은 당연한 일이었지만 약자의 입장이라는 게 '어찌 보면' 이라는 말을 감당할 재간이 있는 게 아니었다.

"제발 길거리에서 놀지 말고, 그럴 시간에 회사에서 놀게. 술 마시고 친구 만나고 그렇게 돈 들이는 것보다 회사에서 놀면 돈도 절약되고 좋지 않나" 라는 말은 회사를 다니며 상사들에게 귀가 따갑게 들어온 충고 아니, 협박이다. 상사들은 마치 짜 놓은 각본을 모두 함께 모여 외운 듯 똑같은 표정으로 같은 말을 되풀이했다.

그런 그들에게 나는 눈엣가시 같은 존재일 수밖에 없었다. 동생 병원비 때문에 회사 일에 집중하지 못하고 연일 칼같이 퇴근을 하고 있으니 말이다.

이 이유 때문만이 아니더라도 나는 회사의 그런 방침에 동의할 수 없었다. 불황이 터지면 언제나 내놓는 방법인 월급 동결, 출장비 삭감 혹은 가지 않기, 한 등 건너 불 끄고 야근하기……. 불황에 대처하는 회사의 방법은 이해가 되지 않았다. 그럼 우리가 그동안 쓸데없는 출장을 가고 터무니없이 많은 월급을 받았단 말인가. 하지만 가장 이해가 되지 않는 것은 한 등 건너 불 끄고 야근하기다. 이건 말 자체부터 모호하다. 이상하게도 우리나라 대부분의 회사 주인은 시험 전날 아이들의 방에 불이 켜진 것을 보며 기뻐하는 부모님처럼 회사의 불이 꺼지지 않기를 바라고, 또 그것이 회사를 발전시키는 유일한 일이라고 생각한다. 하지만 시험 전날 밤새 공부한 아이들과 회사에서 하루 종일 야근한 회사원들이 부모와 사장의 기대에 부응했다면 우리나라는 이미 수재들로 가득 차고 세계 최고의 기업이 몇 개쯤은 생겼을 것이다. 나는 그런 불합리함에 대해서 말하고 싶었지만 참았다. 회사에 들어오기 전까지는 무언가를 참는다는 게 나에겐 가장 어려운 일이었다. 하지만 이젠 세상에서 가장 쉬운 일이 무언가를 견디고 참는 것이며, 그것이 지금의 나에게 가장 현명한 일이라고 생각했다.

참는다는 건, 앞으로도 회사에 내 시간을 팔며 살겠다는 것을 의미했다. 언제나 같은 양으로 주어진 시간을 팔고, 팔린만큼 줄어든 내 시간을 다시 쪼개며 살아야 할 것이다. 나는 항상 시간에 쫓긴다.

대답을 하지 못하고 생각만 하고 있는 내게 부장의 연설은 이미 죽은 적군에게 계속 총알을 퍼붓듯 이어졌다. 20분 정도가 흘렀을까, 부장은 단 한마디만 남긴 채 방을 나갔다.

"김 대리, 이게 마지막 기회야. 이번엔 실수 없도록 하게."

나는 부장의 말을 듣고 한동안 멍하니 정신을 차릴 수 없었다.

몇 년 동안 내가 회사를 위해 얼마나 열심히 일을 했는데, 그리고 그때마다 부장은 나에게 칭찬을 아끼지 않

있는데, 단 한 번의 실수로 이렇게 밑바닥까지 추락하게 되다니…….

나는 나의 실수에 놀라워하기보다는 그렇게 잘해주고 나를 제법 아껴준다고 생각했던 부장이 이글이글한 눈으로 바라보며 경고를 하는 것에 더욱 놀랐고 당황했다. 하지만 부장을 마냥 미워할 수는 없었다. 그래도 나에게 마지막 기회라는 것을 주었으니.

넥타이를 풀어도 소용없는 목의 답답함은 나도 어쩔 수 없었다. 부장이 나에게 준 마지막 기회라는 것은 업계에 새로운 별로 떠오른 한 중소기업의 사장을 만나 우리 회사 제품의 우월함을 소개하고 계약을 성사시키는 것이었다.

나는 집으로 돌아와 심혈을 기울여 제안서를 작성했다. 심지어 거울을 보며 표정에도 신경을 쓰며 예행연습을 했다. 그러던 중 거울을 보며 문득 낯선 나를 발견했다. 지금 거울에 비친 모습이 정말 내 모습인가. 대학시절 가방에 시집 한 권씩은 꼭 가지고 다니면서 밥을 먹고 사는 일보다 약간의 낭만이 있는 삶이 더 중요하다고 입버릇처럼 말하던 내가 정말 저 거울 속에 비친 처량한 사람이란 말인가? 끝이 보이지 않는 막막함 속에서 그만 고개를 돌리고 싶었으나 다시 프레젠테이션 연습을 해야

했다. 그것이 이 세상에서 회사원으로 살아가는 숙명, 나도 어쩔 수 없는 그런 것이었다.

그렇게 몇 시간을 연습하고 이젠 충분하다 생각됐다. 하지만 내 머릿속에 문신처럼 각인되어 있는 '김 대리, 이게 마지막 기회야'라고 말하던 부장님의 목소리가 나를 채찍질하며 더 많은 연습을 하게 만들었고 병원에서 고통스러워하는 동생의 애달픈 눈빛이 새벽 3시가 넘어서야 나를 잠재웠다.

아침 9시.

중요한 약속이기에 평소보다 집에서 일찍 나와 여유로운 마음으로 운전을 하여 중소기업의 사장을 만나러 갔다. 비서의 안내를 받아 사장실로 들어가자 창가에 놓인 의자가 180도 회전했다. 누가 봐도 인상이 좋게 생긴 사장이 부드럽지만 단호한 목소리로 나에게 인사를 건넸다.

"안녕하세요. 오늘 찾아오기로 약속했던 그분인가요? 여기에 앉으세요."

나는 사장이 손가락으로 가리키는 곳에 재빠르게 가서 앉으며 말했다. 무슨 일이든 재빠른 움직임이 중요하다. 그것은 내가 살아온 지난 세월 속에서 알게 된 하나의 지혜였다.

"뵙게 되서 영광입니다, 사장님."

사장은 손을 내저으며 말했다.

"영광은 무슨, 아무튼 이렇게 만나게 되어 반갑습니다."

인사를 끝낸 후 나는 일에 대한 대화를 시작하기 위해 손을 서류 가방 쪽으로 가져갔다. 그때, 문을 열고 비서가 들어와 커피 잔을 탁자 위에 놓으려다가 손에서 잔이 미끄러졌는지 커피를 내 가방에 쏟고 말았다.

순간, 번개 같은 목소리가 울려 퍼졌다. 사장의 목소리였다.

"미스 박, 손님의 가방에 이런 실수를 하면 어떡하나?"

그 후로도 계속되는 사장의 호통 때문에 사장실 안은 냉기로 가득 차 싸늘한 기운이 감돌았다. 나는 사람 좋게 생긴 사장이 비서의 작은 실수에 왜 이렇게 민감할까 생각하다가 비서가 일방적으로 당하고 있는 게 안쓰러워 가능한 부드러운 목소리로 입을 열었다.

"사장님, 저는 괜찮습니다. 살다 보면 실수할 수도 있죠."

사장은 문득 나를 바라보더니 이름을 물었다.

"저, 미안하지만 이름이?"

"제 이름은 김근영입니다."

"근영 씨는 나이만 먹었지 아직 어린아이군요."

"네?"

나는 기가 찬 표정으로 반문했다.

"이거 안 되겠는데요."

사장은 알아들을 수 없는 말을 하고는 비서를 내보내고 한참을 생각하더니 입을 열었다.

"근영씨, 99에서 1을 더하면 뭐가 되지요?"

뜬금없는 사장의 질문에 당황스러워 무의식중에 눈을 깜박이자 사장이 다시 내게 글자 하나하나 또박또박 발음하며 되물었다.

"99에서 1을 더하면 뭐가 됩니까?"

이런 질문에 대답을 한다는 게 우습지만 상황이 상황인지라 대답을 하지 않을 수도 없는 노릇이었다. 내 머릿속에는 이미 많은 생각이 오가고 있었다. 설마 답이 100은 아니겠지, 혹시 난센스 문제인가……. 생각에 빠져 있는 내게 사장은 충격적인 말을 했다.

"만약 당신이 이 질문에 답하지 못한다면 나는 당신과

더이상 대화를 하지 않겠습니다. 물론 당신의 회사와도 계약을 하지 않을 테고요. 부당하다고 생각하지 마세요. 내가 당신과 대화를 끝낼 수밖에 없는 이유는 당신이 이 문제를 풀게 되면 자연스레 알게 될 겁니다. 하룻동안 고민할 시간을 드리도록 하죠."

나는 내 앞에 앉아 있는 저 사람을 설득해서 반드시 계약을 성사해야 한다. 그런데 지금 나는 계약은커녕 대화조차 하지 못할 상황에 빠져 있다.

여기서 끝낼 수는 없다. 이것이 회사에서 나에게 준 마지막 기회다. 또다시 부장님이 내게 한 말이 생각났다.

"김 대리, 이게 마지막 기회야. 이번엔 실수 없도록 하게."

마음이 급해지기 시작했다. 또다시 내 목은 크기가 맞지 않는 쇠사슬에 묶인 듯 답답해지고 있었다.

내 나이 서른셋, 이 숫자는 내 인생은 내가 100% 책임 져야 한다는 것을 의미하고 있었고, 나는 지금 그 100%의 책임을 견뎌야 하는 상황이었다.

너무 많은 생각에 내 두뇌 속은 엉킨 실타래처럼 엉망이 되어 가고 있었다.

99+1은 몇인가?

순간 사장이 입을 열었다. 당연히 대답하지 못할 거라 생각한 듯 사장은 나에게 하루 동안 생각할 시간을 주겠다고 했다. 그나마 위안을 얻고 돌아서기 위해 발걸음을 옮기려 할 때 등 뒤로 사장은 다시 한 번 확인시켜 주듯 단호하게 말했다.

"기억하세요. 단 하루입니다."

사장의 날카로운 한마디에 다시 목이 답답해졌다.

차에 시동을 걸고 회사로 갈 생각을 하니, 계약의 진행이 잘되고 있는지 확인할 부장의 목소리가 들리는 듯하여 잠시 눈을 감았다. 답답했던 목도, 내 귀에서 시끄럽게 울려대는 부장의 목소리도 눈을 감고 있으면 왠지 잠잠해지는 것 같았다. 지금 이 시간, 내가 현실에서 도피할 수 있는 유일한 방법은 그저 눈을 감는 일 뿐이다.

그렇게 몇 분이 지났을까. 눈을 뜨고 정신을 차렸다. 일도 제대로 하지 못하고 출근마저도 늦게 한다면 더 꾸중을 들을 것 같아 나는 오전 10시의 한산한 시내를 내달리기 시작했다. 운 좋게 여러 개의 신호등을 피해가며 얼마 동안 달렸을 때, 문득 50여 미터 전방에 놓인 신호등의 색이 주황색으로 바뀌는 것을 확인했다. 파랑색에서 주황색으로 바뀐다는 건, 곧 차가 지나갈 수 없는 빨간불이 들어오는 것을 의미한다. 그것은 빨리 건너가든, 잠시 쉰 다음에 건너가든 선택을 해야 한다는 뜻이다. 그것은 내게 선택의 순간이 다가왔음을 말해주고 있었다. 비록 선택의 시간은 짧지만 기회가 없는 것은 아니다. 선택을 할 수 있는 시간은 정말 잠깐뿐이다. 세상은 후회할 시간조차 주지 않는다. 돌이켜 보면 나는 딱히 무언가를 해야 한다는 구체적인 생각을 하지 못하며 살아왔다. 그렇기에 내 인생은 뒤죽박죽이었고 경쟁자들은 과자 주위에 몰린 개미 떼처럼 바글댔다.

나는 오른쪽 다리에 힘을 주어 액셀을 밟았다.

내 목을 감고 있는 그 무언가를 풀어내고 싶다.

다음날 오전 11시.

정말 많은 고민을 했다. 심지어는 수학 선생을 하는 친구에게 전화를 걸어 99+1에 100이 아닌 다른 수가 나올 수 있느냐는 웃긴 질문까지 하며 싱거운 놈이 될 만큼 다양한 경우를 생각해 보았다. 하지만 결국 100이 아닌 답을 얻지 못한 채 약속했던 하루의 시간이 지났다. 퇴근 후에 사장을 만날 생각을 하니 정말인지 괴로웠다.

퇴근 후까지 사장이 낸 문제를 풀어야 한다는 강박감이 내 목을 더 조이고 있었다. 시계의 시침과 분침이 어지럽게 흔들리는 것에 시달리며 어쩌면 나는 평생 시간에 쫓겨 살아왔지 않았는가 생각하게 되었다. 새로운 비누를 꺼내 처음 사용할 때의 넉넉한 기분으로 나에게 주어진 시간을 풍족하게 활용할 수는 없을까? 하지만 나는 곧 그렇지 않다는 것을 깨달았다. 본래 인간에게 주어진 시간은 흘러넘칠 만큼 넉넉하다. 하지만 내가 늘 시간이 부족하다고 느끼는 것은 월급을 대가로 회사에게 내 시간을 팔고 있기 때문이다.

아무리 생각해 봐도 내가 회사에서 근무한 세월 동안 팔았던 것은 나의 능력이 아닌 나의 시간과 삶이었다.

"여보세요?"

"엄마다."

"어머니가 웬일이세요? 이 시간에 회사로 전화를 다 하시고……."

"내 아들이긴 하지만 무슨 생각을 하고 사는 거니. 오늘이 엄마 생일인 것도 잊었니?"

"아……."

"아? 대답한다는 게 겨우 아… 역시 잊고 있었구나.

내 그럴 줄 알고 오늘은 이 엄마가 몸소 아들이랑 점심이나 같이 먹으려고 회사 앞으로 왔으니까 점심시간에 정문 앞 음식점으로 나와라."

잠시 후, 시간이 되어 나는 서둘러 어머니와의 약속 장소로 나갔다.

"어머니, 죄송해요. 제가 요즘 생각할 일이 많아서 어머니의 생신도 깜박 잊고 있었어요."

"내가 너에게 뭘 바라니. 됐으니 빨리 밥이자 먹자구나. 아들 얼굴 보는 게 대통령 얼굴 보는 것보다 힘이 드니 원."

어머니의 그 말 속에는 아들을 자주 보지 못하는 안타까움과 그렇게 열심히 일함에도 불구하고 동생의 수술비조차 벌게 해주지 못하는 회사에 대한 원망이 섞여 있었다. 그런 어머니의 모습을 보며 마음이 아파왔다. 지난 몇 년 동안 회사 일에 매달려 살아온 나였다. 어머니의 생일도 잊고 살 만큼… 역시, 내가 바라던 것은 이런 삶이 아니었다. 음식이 나오기 전까지는 이런저런 고민 때문에 밥이 넘어가지 않을 거라 생각했는데 막상 음식이 나오니 식욕이 생겨 어느새 밥 한 공기를 다 먹어치웠다. 그 무렵, 어머니가 테이블 밑으로 내 다리를 흘낏 보더니 말을 했다.

"근데, 넌 아직도 밥상 앞에서 다리 떠는 버릇은 여전하구나."

나는 어릴 적부터 밥상 앞에서 다리를 떠는 버릇이 있었다. 이런 작은 버릇 하나까지도 흉보기 좋아하는 사람들에게는 아버지 없이 자란 티를 내는 것처럼 보일 수 있다며 어머니는 항상 주의를 주셨다. 나 역시 고치기 위해 수없이 노력했지만 내가 지배했던 버릇은 이젠 상황이 역전되어 나를 지배하고 있었다.

"근영아, 밥상 앞에서 다리를 떠는 건 아버지 없이 자란 티를 내는 것은 둘째 치더라도 네 앞에서 식사를 하는 사람들에게 실례가 되고, 실수하는 거라고 몇 번을 말하니?"

"네, 잘 알고 있어요."

"네가 어렸을 때는 어리기 때문에 실수를 눈감아 주는 사람이 많았겠지만 이젠 너도 어린아이가 아니잖니……."

나는 가볍게 웃으며 말했다.

"어머니, 그래도 제가 워낙 착실하잖아요. 그러니까 사람들이 그 정도의 실수쯤은 눈감아 줄 거예요."

"근영아, 네가 평소에 사람들에게 아무리 잘한다 해도 다리 떠는 그 버릇 하나로 힘들게 모아 두었던 네 점수가 확 깎일 수도 있는 거란다."

순간 머릿속에 무언가가 번뜩 떠올랐고, 심장이 급하게 뛰기 시작했다.

"사람 좋게 생긴 사장이 비서의 작은 실수에 왜 그렇게 민감할까?"

"근영 씨는 나이만 먹었지 아직 어린아이군요."

"이젠 너도 어린아이가 아니잖니……."

번개처럼 내 머릿속을 강타하고 지나가는 무언가를 느꼈다.

"어머니, 죄송해요. 제가 급한 일이 있어서요."

갑작스런 내 모습에 깜짝 놀란 어머니를 뒤로하고 나는 곧바로 사장에게 달려갔다.

문제의 해답을 이제야 알아챈 것 같다는 기쁜 마음으로……

"사장님, 사장님이 내주신 문제의 답을 알아냈습니다."

자신있어 하는 나의 모습에 사장은 다소 의아한 눈빛으로 말했다.

99+1은 몇인가?

"정말 알아냈나요? 그럼 답을 말해보세요."

"99 더하기 1은… 0입니다."

나는 자신있게 말했다. 사장은 내 대답에 만족한 듯 웃는 얼굴로 되물었다.

"0이라… 그렇게 생각한 이유도 설명해 주셔야죠."

"제아무리 99번의 좋은 행동을 하더라도 단 한 번의 실수를 하게 되면 과거에 했던 99번의 좋은 행동이 모두 물거품이 된다는 뜻입니다."

"맞습니다. 근영 씨가 제법 빨리 답을 찾아냈군요. 그 날 비서가 근영 씨의 가방에 커피를 쏟지 않았습니까. 만약 비서가 나이가 어리거나 커피를 쏟은 장소가 회사가 아닌 집이었다면 그 실수를 아무 일 없이 지나갈 수 있었을 테죠. 하지만 그는 이미 성인입니다. 그리고 이곳은 집이 아닌 회사구요. 사장을 찾아온 중요한 손님에게 그런 실수를 한다는 건 있을 수 없는 일이죠. 비서는 평소에 99번을 잘했고, 단지 1번의 실수를 한 것에 불과하지만, 근영 씨에게는 근영 씨 가방에 커피를 쏟은 그 한 번이 비서에 대한 경험의 전부이지 않습니까."

사장은 계속 말을 이었다.

"사람들은 말하죠. 한 번 실수는 병가지상사라고. 하지만 그건 듣기 좋은 말일뿐입니다. 실상 사회에서는 실수가 용납되지 않습니다. 생각해 보세요. 이 세상에 얼마나 많은 사람이 있습니까?"

나는 며칠 전, 평소에는 그리 친절하던 부장이 단 한 번의 실수를 이유로 나에게 호통을 친 모습을 떠올리며 말했다.

"맞습니다. 사장님 말씀대로 실수는 용납될 수 없는 게 세상입니다. 하지만 그래도 조금은 너그러운 마음이 필요하지 않을까요?"

사장은 답답하다는 듯 다시 입을 열었다.

"근영 씨, 방금 말했듯이 이 세상엔 사람이 많습니다."

"네, 알고 있습니다."

"하지만 그 많은 사람은 오직 한 구멍으로 빠져나가기 위해 싸우고 있습니다. 그 구멍은 성공으로 가는 유일한 길이죠. 가장 큰 문제는 구멍은 작은데 사람이 많은 것에 있는 것이 아니라, 구멍 주위에서 밀치고 밀리는 그 많은 사람의 눈빛이 모두 필사적이라는 것에 있습니다."

나는 어느새 고개를 끄덕이며 사장의 말을 듣고 있었다.

"정신병에 걸린 사람들의 몸짓은 세상 그 누구보다 필사적이죠. 제아무리 힘이 센 사람이라도 그 사람들의 행동은 막기 힘듭니다. 그처럼 세상 사람들은 마치 정신병을 가진 환자처럼 성공이라는 구멍 앞에서 필사적으로 극도의 힘을 발휘합니다. 그렇게 필사적인 사람들 틈에 껴서 제 갈 길을 찾지 못하고 한 걸음만 비껴가는 실수를 하게 된다면 그건 한 걸음이 아닌 엄청난 후퇴가 될 것입니다. 물러나는 걸음은 단지 한 걸음이지만 자신의 뒤에 있던 사람에게 밀리게 되면 그 틈을 비집고 나를 앞서가게 되는 사람은 수십 명이 될 테니까요. 그리고 나를 앞서가는 그 수십 명의 경쟁자 눈빛에서 이런 걸 느낄 수 있지요."

사장은 크게 헛기침을 한 번 하더니 다시 입을 열었다.

"지난 수많은 성공이 지금 닥친 시련과 실패를 무효화할 수는 없습니다."

사장의 말은 확고했다. 그건 마치 하나의 신앙과도 같다는 느낌을 받았다. 반사신경처럼 거부할 수 없이 나에게 다가온 사장의 말들은 도저히 버릴 수 없는 진리였다.

"아… 그렇군요."

"그래서 제가 근영 씨에게 그런 질문을 한 겁니다. 근영 씨가 비서의 실수를 작은 것이라고 여겨 그냥 넘기려 하는 것을 보고 앞으로 우리 회사와 계약을 한 후에 그처럼 작은 업무상의 실수가 생기면 비서의 일처럼 아무 생각 없이 넘길 것 같다는 생각이 들더군요. 그건 아주 위험한 일입니다. 비서의 지난 일 처리가 아무리 훌륭했다 하더라도 과거의 성공이 현재의 잘못을 무효화시킬 수는 없으니까요."

연신 고개를 끄덕이며 사장의 얘기를 듣다가 그제야 부장이 나의 실수에 그렇게 호통을 쳤던 이유를 깨달을 수 있었다.

"참, 근영 씨. 지금 근무 시간 아닌가요?"

99 더하기 1의 답을 알았다는 사실에 기쁜 마음으로 사장과 이야기를 하며 나는 지금 회사에서 일을 하고 있어야 한다는 것을 잊고 있었다. 이미 점심시간은 1시간이나 초과해 있었다.

"아, 사장님. 죄송합니다. 저는 이만 회사로 돌아가야겠습니다. 제가 문제를 풀었다는 기쁨에 그만 근무 중이었다는 사실을 잊고 있었네요."

"그래요. 그럼 이따 저녁에 준비한 자료를 가지고 다시 오세요. 그때 회사 중역들을 모아 프레젠테이션을 하겠습니다."

"네, 알겠습니다. 이따 뵙겠습니다."

"참, 근영 씨. 99 더하기 1의 정답을 이렇게 정확하게 맞힌 사람은 흔하지 않았습니다. 이번 테스트로 근영 씨에게 잠재력이 있다는 것을 알게 되었어요. 모든 면에서 근영 씨는 지금보다 더 잘할 수 있는 분명한 가능성이 있다고 생각하게 되었습니다. 프레젠테이션을 기대하겠습니다."

나에 대한 신뢰가 섞인 사장의 말에 나는 큰 소리로 믿어 달라고 말하고 돌아섰다. 그만큼 잘해야겠다는 중압감이 커짐을 가슴으로 느낄 수 있었다. 나는 서둘러 회사로 돌아와 해야 할 일을 제쳐 두고 약속 시간까지 남은 몇 시간을 모두 투자해 완벽하다고 생각할 만큼 제안서와 자료들을 준비했다.

잠재력 테스트 — 당신에게 잠재력이 있는가?

자신은 정말 누구보다도 열심히 일을 하고 있다고 생각하는데, 여전히 인정을 받지 못하고 동료보다 낮은 평가를 받게 되면 사는 것이 스트레스가 될 수밖에 없다. 자신이 가지고 있는 잠재력을 충분히 발휘하지 못해 삶에서 즐거움을 느끼지 못한다면 그것은 무엇보다도 고통스러운 일이다. 원하는 것을 이루고 그리하여 의미있는 삶을 만들어 나가고자 한다면, 아래의 질문을 통해 스스로를 점검해보라. 질문에 바로 대답할 수 없는 것이 있다면 의식적으로 채워 나가는 습관이 필요하다.

1) 지금 당신에게 가장 중요한 것은 무엇인가?

2) 생각만 해도 행복한 인생의 목표가 있는가?

3) '당신'이란 존재를 다른 사람에게 당당히 자랑할 수 있는가?

4) 환경과 문화에 영향을 잘 받지 않으며 자신의 경험과 판단에 더 의존하는가?

5) 어디에서든, 누구에게서든 배움을 청해 무언가를 얻고 있는가?

6) 지금 당신 안에는 열정이 많은가, 두려움이 많은가?

7) 자신과 남을 있는 그대로 받아들이는가?

8) 능력은 없지만 재능은 충분히 발휘하고 있다고 생각하는가?

9) 어려움과 역경을 문제 해결을 위한 기회로 삼는가?

10) 확신과 자신감으로 미래를 바라보고 있는가?

Chapter 2

인생은 랜덤 스위치

프레젠테이션 시간이 되어 나는 준비한 내용들을 거의 암기하다시피 되뇌며 사장을 찾아갔다.

비서는 회의실로 나를 안내했고 그곳에는 사장을 비롯한 여러 명의 임원이 원을 그리며 앉아 있었다. 그 모습은 적군을 둘러싼 모습처럼 심한 압박감이 느껴질 만큼 강렬했다. 순간의 고요 속에서 문득 사장이 고개를 들더니 편안한 눈빛으로 나를 바라보며 말했다.

"근영 씨, 준비됐으면 시작해 주세요."

나는 가볍게 목례를 하고 준비한 내용을 이야기하기 시작했다.

"사장님과 임원님들도 잘 아시다시피 올 여름에는 20년 만에 극심한 무더위가 찾아올 거라고 합니다. 그래서 여름의 그것을 집중적으로 타깃 삼아⋯⋯."

그때, 사장이 나의 말을 가로막았다.

"근영 씨 말처럼 기상청에서 이번 여름은 매우 덥다고 하더군요. 그런데 혹시⋯ 기상청의 예보가 틀릴 경우를 대비해 생각해 둔 대안은 있나요?"

"네⋯⋯?"

"우리 회사는 기상청의 보도만 믿고 사업을 계획한 당신의 회사와 계약을 앞두고 있습니다. 기상청의 예보가 틀릴 만약의 경우를 대비하여 준비해 둔 좋은 대안이라도 있어야 하는 게 아닐까 하는 생각이 들어 질문하는 겁니다."

이런 질문까지 예상하지 못한 나는 당황하여 식은땀을 흘렸다.

사장의 질문에 제대로 답하지 못한다면 이젠 정말 끝이 될 것만 같은 기분이 들었다.

미리 철저히 준비하지 못했다는 인상을 주지 않기 위해 나는 방귀 뀐 놈이 성내는 듯 일부러 당당한 모습으로 말했다.

"사장님, 기상청에서는 이번 예측을 90% 확신하고 있다고 합니다. 걱정하지 않으셔도 됩니다."

사장은 실망한 듯한 눈빛으로 임원들에게 말했다.

"오늘 회의는 이걸로 마칩니다. 모두 각자 부서로 돌아가 주세요."

'아… 이제 정말 끝이구나.'

순간 옷걸이에 걸어 둔 옷이 힘없이 떨어지듯 전신의 힘이 쫙 풀렸다. 임원들은 하나둘 회의장을 빠져나갔다. 사장의 한마디에 썰물로 물이 빠져나간 바닷가처럼 회의실 안의 사람들은 아무것도 남기지 않고 말끔히 사라져 버렸다.

그동안 밤새 준비한 제안서를 딱 3줄밖에 읽지 못한 나는 망연자실해서 그 자리에 멍하니 서 있었다. 부장이 내게 준 마지막 기회가 이렇게 어이없이 끝나버리는구나, 생각하니 가슴이 답답했다.

고개를 숙이고 있던 나에게 사장이 어깨를 툭, 치며 말을 건넸다. 사장과 둘만 남은 회의실에는 적막감이 감돌았다.

"근영 씨, 혹시 회의를 이렇게 끝내서 나에게 서운한 감정이 드나요?"

"많은 준비를 했는데, 제대로 보여드리지 못하고 회의를 끝마치게 되어 마음이 무겁습니다."

사장은 서랍에서 시디플레이어를 꺼내며 이야기했다.

"근영 씨, 음악 좋아하나요?"

"물론이죠. 한때는 작곡가를 꿈꾸기도 한 걸요. 그런데 그건 왜 물어보십니까?"

"이 회의가 이렇게 끝난 이유는 이 시디플레이어에 있습니다."

사장은 또다시 알 수 없는 얘기를 하기 시작했다. 대체 회의와 시디플레이어가 무슨 관계가 있다고…….

하지만 뭔가 구원의 끈을 잡고 싶었다.

나는 유심히 그 시디플레이어를 바라보았지만 회의와의 공통점을 찾을 수는 없었다.

"음반회사는 시디를 만들 때 곡의 순서를 그냥 정하지 않아요."

"그럼 시디에 곡을 넣을 때 순서를 정하는 어떤 법칙이라도 있다는 말씀이신가요?"

"그럼요. 음악도 예술이지만 우선은 많이 팔리는 것이 가장 중요한 것 아니겠습니까? 많이 팔기 위해선 무엇이 필요하겠습니까? 굳이 히트한 대중성 있는 노래가 아니더라도 음반에 있는 10곡의 음악을 들을 때 마지막 곡까지 듣게 만들 지루하지 않을 기준이 있어야 합니다.

가령 댄스음악을 1번으로 했다면 2번은 조용한 발라드 음악을 배정하죠. 같은 장르가 계속 나온다면 지루할 테니까요."

나는 답답한 듯 사장에게 말했다.

"그런데 그게 이 회의와 무슨 관계가 있습니까?"

"근영 씨의 제안서는 잘 짜인 시디의 선곡과 맥락을 같이 합니다. 물 흐르듯 흘러가죠. 누가 봐도 흠 잡을 데가 없는 제안서입니다."

나는 의아하다는 듯 사장을 바라보며 얘기했다.

"그런데 왜……."

사장은 내 앞으로 시디플레이어를 가져오더니 손가락으로 가리키는 곳을 눌러보라고 했다. 그곳은 랜덤 스위치였다.

"이 스위치를 왜 누르라고 하시는지……."

사장은 미소를 지으며 얘기를 했다.

"어제 낸 문제를 잘 풀었으니 이번 문제의 답은 그냥 알려 드리겠습니다. 제가 이 랜덤 스위치를 누르면 무슨 노래가 나올지 알아맞힐 수 있겠습니까?"

나는 황당하다는 듯 대답했다.

"랜덤 스위치는 임의대로 곡을 재생하는 장치인데 제가 무슨 수로 그걸 맞추겠습니까?"

인생은 랜덤 스위치

"맞습니다. 이 랜덤 스위치는 음악을 기존에 짜인 순서에 의지하지 않고 무작위로 듣는 장치입니다. 생각지도 않은 음악이 흘러나오죠. 근영 씨가 말한 대로 전혀 그 순서를 예상할 수 없을 겁니다."

"그걸 아시면서 왜 제게 그런 질문을 하시는 건가요?"

"그게 인생이기 때문입니다."

사장은 확실한 어투로 얘기했다.

"네?"

"인생은 잘 짜인 시디처럼 결코, 1번부터 시작되지 않습니다. 인생이 1번부터 순서대로 2번, 3번으로 이어진다면 성공하지 않을 사람이 어디 있겠습니까? 또한 미래를 예견하지 못하는 사람이 어디 있겠습니까? 하지만 인생이란 랜덤 스위치처럼 무작위로 겪어야 할 순서가 정해지죠. 1번으로 시작될 것이라고 생각하고 다른 순서로 시작된 인생에 대처할 계획을 미처 준비하지 못한 사람들은 예상치 못한 곳에서 무너져 실패를 경험하게 되는 것이지요."

나는 존경스러운 표정을 지을 수밖에 없었다.

"사장님은 인생의 모든 비밀을 알고 계신 것처럼 보입니다."

사장은 웃으며 대답했다.

"모든 걸 알고 있다… 그렇지 않습니다. 혹시 세상에 인생의 모든 것을 알게 되는 약이 있다 해도 나는 절대 그것을 먹지 않을 것입니다."

"왜죠?"

"근영 씨, 마술 좋아하세요?"

"네, 특집으로 마술 프로그램이 방송되면 빠짐없이 즐겨보곤 합니다만."

"그래요. 많은 사람이 마술을 좋아하죠. 그 이유는 마술의 신비를 보며 어떤 트릭을 썼을까, 하는 호기심으로 마술사의 행동 하나하나에 집중하기 때문입니다. 하지만 마술사의 트릭을 다 알고 나서도 마술을 재미있게 볼 수 있을까요? 아마 아닐 겁니다. 그처럼 인생도 잘살기 위해, 또는 성공하기 위해 집중을 하고 살아가기 때문에 즐겁고 행복한 것입니다. 그런 건 존재하지도 않겠지만 만약 인생의 비밀을 알 수 있는 그 무언가가 존재한다면 그때부터 인생은 살고 싶지 않을 만큼 무료하고 재미가 없을 테지요."

"그렇겠군요. 그럼 인생을 한마디로 정의하기란 불가능하겠군요. 그렇다면 인생보다 작은 범주인 성공이라는 단어에 대해서 사장님의 정의를 들을 수 있을까요?"

사장은 시계를 보더니 대답했다.

"성공의 정의는 식사라도 하면서 할까요?"

"아, 벌써 시간이 이렇게 됐군요. 사장님과의 식사라면 언제든 영광입니다."

나는 음식점으로 이동하기 위해 사장의 차를 탔다.

음식점으로 가는 길, 퇴근길 거리는 늘 그렇듯 차로 꽉 막혀 있었다. 옆으로도, 뒤로도…… 앞으로가 아니면 그 어느 방향으로도 가지 못할 만큼 차는 꽉 막혀 있었다.

우회전을 해야 할 곳에서 깜박 잊어 뒤늦게 방향을 돌리려 해도 어쩔 수 없이 그저 앞으로 밀려가야만 하는 상황, 나는 이런 상황이 내 인생과 닮았다고 생각했다.

어질어질한 삶을 살면서도 나는 무의식적으로 앞으로 간다.

아니 반드시 가야 한다.

안정을 위해 잠시 눈을 감았다가 떴다. 차창 밖을 보니 빌딩 숲으로 뒤덮인 이 도시에서 유난히 눈에 띄게 반짝이는 광고 간판이 눈에 들어왔다. 《직장인들이여, 사표를 던져라》라는 책의 광고였다. 회사로 뒤덮인 이곳에서 저런 광고가 나가다니 참으로 아이러니했지만 왠지 모르게 통쾌했다.

내 시간과 젊음을 모두 가져간 그곳, 그곳에 종이 한 장 날카롭게 접어 상관에게 휴지 버리듯 던지는 사표. 생각만 해도 속이 시원하지 않겠는가.

하지만 사표를 제출한다는 건 자존심이 남아 있을 때 가능한 얘기다.

이미 내 가슴속에서 수없이 접었던 사표는 던져도 날아가지 않을 만치 너덜너덜해진 지 오래다.

머릿속의 그득한 생각에서 빠져나와 현실로 되돌아왔다. 그리고 다시 한 번 광고판을 올려다보았다. '직장인들이여, 사표를 던져라' 라는 구절은 이제 내 눈에 '직장인들이여, 가족을 던져라' 로 보인다.

나는 혼자의 몸이 아니다. 다시 목이 답답해져 온다. 넥타이를 풀어 버리고 모든 것을 버리고 싶다. 이런 생각을 한 것이 한두 번이 아니지만 나는 30년이 넘도록 여전히 그 길 위에 있다.

잘살았다고 생각했지만 결국엔 아무것도 이루지 못하고 허비한 30년의 세월.

그렇게 애를 썼건만 노력은 매번 새로운 시작이 되고, 그것은 대부분 실패로 돌아왔다. 그렇지만 아직은 넥타

이를 풀어 버릴 순 없었다. 내겐 아직 이루고 싶은 것이
남아 있기 때문에.

 당신이 원하는 기회는 평생 다시 오지 않을 수도 있다

원하는 것을 이룰 수 있게 도와주는 기회는 버스처럼 자주 오지 않는다. 시간에 맞춰 달려왔지만 근소한 차이로 아깝게 놓쳤다고 해서 다음에 버스를 첫 번째로 탈 수 있는 것은 더더욱 아니다. 당신이 원하는 그 버스는 평생 다시 오지 않을 수도 있다.

사람들은 작은 결점 하나를 가지고 마치 그것이 그 상대방의 모든 것인 양 부풀려 말하고, 자신의 작은 장점 하나는 그것이 마치 전부인 것처럼 말한다. 그렇게 삶을 오만하게 살면서 당신이 해야 할 일에서 손을 놓고 있을 때 삶은 당신에게서 이룸의 기회를 빼앗아간다.

강조하지만 당신이 할 수 있다고 '생각' 하는 것은 태도이며, 실제로 '해내는' 것은 실력이다. 무언가를 이루기 위해서는 태도와 실력이 모두 필요하다. 현실과 동떨어진 태도를 가지고 있으면서 성공을 기대할 수는 없다. 현실은 당신이 모든 준비를 끝마치고 기다리라고 말한다.

길이 끝나는 곳에도 또 다른 길은 있다. 하지만 그것은 그저 길일뿐이지 애초에 당신이 원하던 길은 아니다. 당신은 또 무작정 길을 걸어야만 한다.

언제까지 걷고만 있을 것인가.

그저 길이 있음에 감사할 것인가, 모든 길을 완벽하게 걸을 수 있는 능력을 준비할 것인가?

Chapter 3

성공의 정의

30분이 지나 음식점에 도착했고 사장이 먼저 입을 열었다.

"배가 고파서 정신이 어질했는데 음식이 나오진 않았지만 음식점에 오니 그래도 좀 살겠군요."

"제가 사장님의 시간을 너무 뺏는 건 아닌지……."

"잘 아시네요. 그걸 알면 식사라도 사든지요. 하하하."

회사에서 외근비로 받은 돈으로 식사 값을 지불해야겠다는 생각을 하며 말했다.

"물론입니다. 제가 대접하겠습니다. 참, 이제 보니 이 음식점은 텔레비전에도 몇 번 소개된 원조 욕쟁이 할머니집이군요."

"맞습니다. 그 집이죠."

"이곳 음식이 참 맛있다고 소문이 났던데. 이 집의 이름을 모방한 대부분의 음식점은 이 맛을 따라오지 못한다고 하더라고요."

사장은 아까부터 내 말에 연신 웃고 있었다.

"사장님, 제 얼굴에 뭐가 묻기라도 했나요?"

"아닙니다. 하하하."

호쾌하게 웃던 사장은 애써 웃음을 가라앉히더니 곧 연한 미소를 머금으며 입을 열었다.

"근영 씨, 여기 욕쟁이 할머니는 3년 전에 돌아가셨어요."

나는 믿기지 않아 황당한 얼굴로 대답했다.

"아니… 그게 정말인가요?"

"네, 그래요. 하지만 사람들은 그 사실을 잘 알지 못해요. 그리고 알고 있는 사람들도 계속 이곳을 찾더군요."

"하긴 음식에 대한 애정이 있는 사람이 아니라면 할머니가 돌아가셨다는 소식까지 알 방법이 없겠죠. 관심도 없을 테고요. 그냥 주방에 할머니 한 분이 보이면 저분이 욕쟁이 할머니구나, 라고 생각할 테죠."

사장은 무릎을 탁 치며 말했다.

"그거예요. 그게 이 집에 사람들이 계속 찾아오게 만드는 방법이죠. 사람들은 머릿속에 하나의 생각이 정립되면 쉽게 그 생각을 떨쳐 버리지 못하거든요. 여기 욕쟁이 할머니가 3년 전에 돌아가셨음에도 불구하고 여전히 이곳을 찾아오는 손님들을 보면 알 수 있죠. 사실 옆집과 이곳의 맛은 별 차이가 없어요."

"그렇군요. 여기에서 사람들은 음식을 먹는 것이 아니라 이미지를 먹는 것이군요."

"그렇죠. 자신이 예전에 심어 놓은 이 집 맛의 이미지를 먹는 거죠. 그런 사람들의 심리가 이 집을 계속 번창하게 만들었고요."

아무렇지도 않은 듯 사장의 이야기를 듣고 있었지만, 사실 나는 이렇게 사소한 것에서도 성공의 전략을 발견하는 사장의 예리한 눈에 감탄하고 있었다.

"참, 아까 말씀하시던 것을 계속 듣고 싶습니다."

"아, 성공에 대한 정의 말인가요? 성공의 정의라… 근영 씨가 아니라도 많은 사람이 제게 그런 질문을 합니다."

"그럴 것 같습니다. 사장님은 젊은 나이에 이렇게 성공을 하셨으니 모두 그 성공의 비법을 궁금해할 것입니다. 저 역시 사장님만의 특별한 성공에 대한 정의와 그 방법에 대해 알고 싶습니다."

"그렇게 알고 싶다면 알려 드리죠. 하지만 근영 씨, 그 전에 꼭 알아야 할 것이 있습니다."

나는 궁금증이 가득한 표정을 지으며 물었다.

"그것이 대체 뭔가요?"

"내가 바라는 것과 나를 기다리는 것의 일치입니다."

사장은 계속 말을 이었다.

"그것이 성공을 하기 위한 가장 중요한 일입니다. 내가 바라는 것과 나를 기다리는 것이 일치가 된다면 그것 자체가 성공이라고 볼 수도 있고요."

나는 그 말에 공감했다. 내가 바라는 것과 나를 기다리는 것에 대한 불일치함에 나는 항상 힘이 들었다. 10년 후에 내가 바라던 모습과 10년이 지나고 현실이 된 나의 모습은 너무나 달랐다. 숨쉬기처럼 자연스레 일상이 되어버린, 조이는 목을 매만지며 말했다.

"사장님, 저도 그 문제에 대해 공감하고 있습니다. 하지만 너무 힘든 문제 같습니다."

사장은 길게 한숨을 내쉬며 말했다.

"힘들지요. 하지만 힘들기에 더욱 값이 나가는 거라 생각합니다."

사장은 다시 힘을 주어 내게 말했다.

"근영 씨."

"네, 사장님."

"내가 바라는 것과 나를 기다리는 것에 대한 일치를 보고 싶지 않나요?"

"네, 정말 그 순간을 경험해 보고 싶습니다. 내 인생에 단 한 번이라도……."

"그럼, 지금부터 내가 하는 얘기를 잘 들어봐요. 하지만 이것 하나만은 알아두세요. 제안하기보다는 반박하기가 쉽고 창조하기보다는 비판하기가 쉽다는 것을. 그러니 지금부터 내가 근영 씨에게 제안하는 것을 반박하기보다는 가슴속에 담고 쓸모 있게 써야만 한다는 것을."

나는 진지한 표정으로 명심하겠다고 대답했고 사장의 이야기는 시작되었다.

"우선, 내가 바라는 것과 나를 기다리는 것과의 일치를 본다는 것을 '성공'이라고 생각하죠. 그것을 전제로 성공에 대해 말하겠습니다. 흔히 죽음이나 좋지 않은 것을 의미하는 숫자는 4이죠. 그렇다면 성공과 어울리는

성공의 정의

숫자는 어떤 것이 있을까요?"

"아무래도 행운의 숫자인 7이 어울리지 않을까요?"

사장은 내 대답을 기다렸다는 듯 말했다.

"그럼 성공을 숫자 7이라고 생각하고 지금 이 자리에서 7까지 세 보세요."

당황스러운 사장의 주문에 나는 주위의 시선을 의식하며 작은 목소리로 숫자를 세기 시작했다.

"일, 이, 삼… 칠."

숫자를 다 세자 사장은 뜬금없이 물었다.

"어떤가요?"

"뭐가 어떠냐는 말씀이신가요?"

"근영 씨는 지금 성공을 향한 가장 쉬운 지름길을 건넜습니다."

"네? 저는 단지 숫자를 센 것뿐인데요."

"아직 잘 모르시는군요. 설명해 드리겠습니다. 숫자 7까지 세기 위해서 뭐가 필요했죠?"

나는 짧은 순간 고민하다가 대답했다.

"7의 숫자가 되기 위해서 1부터 6까지의 숫자가 필요했습니다."

"바로 그겁니다."

"근영 씨가 숫자 7을 만들기 위해 필요했던 1, 2, 3, 4, 5, 6이라는 숫자가 바로 성공을 위한 흔적이라는 것입니다. 1에서 6까지의 숫자를 건너뛰고 바로 숫자 7을 셀 수 없듯 성공이라는 것도 그 결과물을 얻기 위한 흔적 없이는 이루질 수 없습니다. 이것은 또한 성공이란 말로써 정의하는 것이 아닌 움직여야 한다는 동작의 주체라는 말도 됩니다."

나는 사장의 말을 금방 받아들일 수가 없었다. 동작의 주체라는 사장의 말은 마치 하늘을 날아다니는 새를 맨손으로 잡으라는 듯, 허망하게만 느껴졌다.

"동작의 주체라, 뜬구름을 잡는 듯한 기분입니다."

"그런가요? 동작의 주체라는 말은 움직이라는 것입니다. 사랑이라는 것을 얻기 위해 사랑에 대한 책을 뒤져보며 연구하는 것보다는 '사랑을 하러 가는' 동작의 주체가 되어야 비로소 사랑을 얻을 수 있는 것과 같은 이치입니다. 성공에 목말라하는 사람들은 좋은 책을 읽고 멋진 강연을 쫓아다니며 경청합니다. 가끔은 눈물까지 흘리기도 하더군요. 하지만 그 사람들이 모두 성공하지는 않습니다. 바로 성공이라는 단어의 동작의 주체가 되어 움직이지 못했기 때문이죠. 근영 씨가 숫자 7을 세기 위

성공의 정의

해 1에서 6까지의 흔적을 남겼듯 그 사람들도 성공을 위한 흔적을 남겼어야 합니다. 하지만 흔적 없이 성공만 얻기를 바랐기 때문에 뜻하는 성공을 얻지 못한 겁니다. 즉 내가 바라는 것은 숫자 7인데 겨우 1만 세고 7이 되기를 바란 셈인 거죠. 그건 아무것도 하지 않고 성공만을 바라는 억지스런 마음입니다."

"흔적이라… 그 흔적이라는 건 구체적으로 무엇인가요?"

나의 질문에 사장은 잠시 생각을 하더니 한쪽 다리를 꼬며 대답했다.

"하고 싶은 일이 많고 해야 할 일이 많다고 생각하는 사람들의 특징이 뭔지 알고 있나요? 그건 바로 아무것도 하지 않는다는 겁니다."

사장은 물을 한 모금 마시고 계속해서 말을 이어나갔다.

"하고 싶은 일과 할 일이 많다는 건, 마치 멀리서 산을 바라보는 것과 같아요. 산의 나무와 새들, 산등선이의 미끈한 곡선… 즉 산의 아름다운 풍경을 다 가지려는 욕심이죠. 하지만 그 많은 풍경을 한눈에 보기 위해 점점 산에서 멀리 떨어지게 되고, 마침내 다 가지려는 그 욕심으로 인해 하나하나의 아름다움은 볼 수 없다는 평범한 진리가 증명되어 버리죠. 결론적으로 너무 많은 볼 것들에 시선을 뺏겨서 혼란만 가져올 뿐이라는 말입니다. 성공을 위한 흔적도 같은 맥락입니다. 한 번에 다 가지려 하면 머리만 움직이고 몸은 움직이지 않죠. 그리고 움직인다 해도 수박 겉핥기 식의 실행만을 거듭할 뿐이 되겠죠."

"그럼 사장님의 말씀은 하나 하나씩 뚫고 가라는 것이 군요."

"그렇습니다. 마치 망원경으로 하나의 풍경만을 보듯 모든 정신을 그곳에만 집중하여 개척해 나가라는 것입니다."

나는 기운 빠진 목소리로 사장에게 말했다.

"하지만 전 다시 시작하기에 너무 늦은 것 같습니다. 지금 제 현실에 성공이라는 것은 그저 환상 같습니다. 사실 전, 자신이 없습니다."

사장은 자신없는 내 목소리에 호통을 치며 말했다.

"근영 씨, 아직 어린 나이에 늦었다니, 자신이 없다니, 그게 할 말입니까?"

나는 갑자기 변한 사장의 모습에 당황했다.

하지만 곧 사장은 그런 내 모습을 보며 아이를 달래듯 부드러운 목소리로 말을 하기 시작했다.

"근영 씨는 '쌀'이라는 것에서 무엇을 생각할 수 있습니까?"

"음… 쌀은 밥을 만들 수 있고… 또…….''

사장은 또, 라는 나의 대답에서 손을 내저으며 말을 끊었다.

"됐습니다. 밥이라는 대답이면 충분합니다. 근영 씨, 잘 들어보세요. 쌀을 밥으로 만들면 그것은 쌀의 모든 변화가 끝났다는 것, 즉 죽음을 의미합니다. 밥은 다시 쌀의 상태로 돌아갈 수 없기 때문이죠. 하지만 밥이 되기 이전의 쌀은 가능성이 남아 있다는 것을 의미합니다. 쌀을 밥으로 만들기 위해선 물을 넣고 불리는 시간이 필요하지요. 근영 씨는 지금 그 상태입니다. 세상이라는 물 안에서 밥이라는 결정체가 되기 위해 몸을 불리는 상태라는 말입니다. 어떤 일이 있어도 절대 포기하지 마세요."

사장의 말을 별것 아닌 것처럼 받아들일 수도 있지만 나에겐 너무나 절실한 말이었다. 나는 항상 내가 늦었다고 생각해 왔다. 그래서 하는 일에 자신이 없었고, 실패하는 삶을 살아온 것이었다.

나는 가슴속에서 무언가를 하고 싶다는 강렬한 것들이 꿈틀거리기 시작하는 것을 감지할 수 있었다.

사장은 잠시 생각을 하더니 입을 열었다.

"근영 씨, 식사 다 했으면 그만 나갈까요? 근영 씨에게 소개시켜 줄 사람이 있어요."

나는 갑작스러운 사장의 말에 당황했지만 사장이 소개해 주는 사람이라면 한번 만나보는 것도 괜찮을 것 같아 흔쾌히 승낙했다.

"네, 알겠습니다. 그런데 누구를 소개해 주시겠다는 건지……."

"근영 씨가 알고 싶어 하는 그 '성공의 흔적'이라는 것을 명쾌하게 설명해 줄 사람이 있어요."

나는 반가운 마음에 나도 모르게 큰 목소리로 대답했다.

"감사합니다. 저야 당장이라도 달려가 그분을 뵙고 싶습니다."

사장과 나는 음식점을 빠져나와 걷기 시작했다.

"차를 타지 않고 이렇게 걸어가는 것을 보니 저에게 소개해 주신다는 그분이 가까운 곳에 계신가 보군요?"

"그렇게 가깝진 않습니다. 대략 이 정도 걸음이면 30분 정도 가야 할 것 같습니다."

"네? 30분이나요? 그런데 왜 차를 타고 가지 않는 건가요?"

사장은 슬쩍 웃음을 보이며 얘기했다.

"걷는 것은 그분이 저에게 알려준 가장 중요한 성공의 흔적입니다."

나는 이해할 수 없다는 눈빛으로 얘기했다.

"걷는 것이 성공의 흔적이라고요? 차비도 있고 사장님의 자가용도 있는데 30분의 거리를 걷는 것이 성공의 흔적이라… 저는 그저 미련한 일이라는 생각이 드는데요."

"근영 씨가 이해하지 못하는 것은 당연합니다. 하지만 그분의 말씀을 듣고 나면 반드시 이해할 수 있을 겁니다."

언뜻 보아도 사장은 걷는 것에 익숙한 듯 보였다. 사장은 40살이 넘은 나이에도 30대 초반인 나보다 빠른 속도로 걷고 있었다. 걷는 내내 그의 걸음을 따라가려 숨을 헐떡일 정도였으니 말이다.

"사장님은 평소에도 자주 걸으시는 것 같습니다."

"그럼요. 저는 차를 구입한 지 1년도 채 되지 않았습니다. 1년 전까지는 항상 이 두 다리로 생활을 했었지요. 하지만 불편하진 않았어요. 설사 불편했다 치더라도 성공의 흔적을 단단하게 가꾸어 준 결과물에 비하면 그 정도의 고통쯤이야 참을 만했죠."

나는 순간, 무언가 번뜩 떠올라 상기된 얼굴로 말했다.

"저, 사장님……."

"네?"

"제가 사장님보다 지위도 낮고, 나이도 한참 어리니 말 편하게 하십시오."

사장은 크게 웃으며 말했다.

"제가 말을 높이는 게 불편했나요? 하하하."

나는 누군가에게 더욱 깊은 이야기를 듣기 위해선 존댓말은 부서지지 않는 벽과 같은 것이라고 생각했기에 사장이 나에게 말을 편하게 할 것을 원했다. 사장은 바로 말을 낮추며 이야기했다. 처음엔 조금 어색했지만 말이 조금씩 오갈수록 배가 거친 바다의 파도 위에서 중심을 잡듯 평온을 찾아가고 있었다.

그렇게 30분 정도 걸었을까? 사장은 걸음을 멈추고 내게 말을 했다.

"근영 씨, 바로 여기야."

사장이 걸음을 멈춘 곳은 길거리에서 군고구마를 파는 허름한 리어카 앞이었다.

"여기에서 그분을 만나기로 약속했나 보군요?"

사장은 공중에서 흔들리며 낙하하는 낙엽처럼 고개를
저으며 말했다.

"아니, 그분이 군고구마 장사를 하시네. 자, 이리로 오
도록 해."

성공의 흔적을 완벽하게 설명해 줄 사람이 겨우 군고
구마 장사라고? 나는 대체 사장이 나를 어떻게 보고 그
런 사람에게 뭔가를 배우라고 하는지 생각하면서 사장의
뒤를 따랐다.

성공의 정의

현재 당신의 처지에 불만을 가지고 있는가?

지금보다 조금만 더 노력하면 성공할 수 있다고 믿는가?

물론 가능하다. 그렇다면 그 방법은 무엇이라고 생각하는가?

성공한 사람과 실패한 사람의 차이는 작은 것에서 시작한다. 성공한 사람을 보면 그들은 늘 새로운 무언가를 만들고 발전시켜 가면서 자신의 인생을 개척한다.

하지만 실패한 사람들은 늘 남의 탓을 하고 주위 환경과 여건을 탓한다.

인생은 계획대로만 살 수 없기에 더욱더 완벽한 준비가 필요하다. 언제 어디에서 변수가 생길지 모르기 때문에 그것을 대비할 모든 준비를 해야 한다.

실패만 하는 자들은 그런 환경을 불평할 뿐, 전혀 대비하거나 피할 방법을 계획하지 않는다.

성공이란 그냥 찾아오는 복권이 아니다. 철저하게 준비해

야 되는 것이며 당신이 어떻게 하느냐에 따라 달라지는 것이
다.

Chapter 4
일곱 가지 성공의 흔적

첫 번째 흔적

—피할 수 없으면 더욱 고통스러워하라

사장이 군고구마 장사꾼에게 의외의 말을 건넸다.

"회장님, 추운데 고생 많으십니다."

"고생은 무슨. 다 내가 좋아서 하는 일인데. 그래, 회사는 잘 돌아가나?"

"네, 회장님께서 워낙 잘 일구어 놓아서 저는 그저 바라만 볼뿐인데도 회사가 잘 돌아가고 있습니다."

"하하하, 이 사람. 여전하구먼. 겸손의 말은 그만하게."

사장은 나를 힐끗 쳐다보더니 회장에게 말했다.

"참, 여기 제가 데리고 온 사람입니다. 회장님께 성공의 흔적을 배우고 싶다는군요."

군고구마 장사가 회장님이라니. 지금의 상황이 이해가 잘 되지 않았지만 나는 최대한 정중하게 인사를 했다.

"김근영입니다. 만나 뵙게 되어 반갑습니다."

"근영 씨, 이분은 자네가 지금 계약하고 싶어 하는 회사의 회장님일세."

나는 놀라운 눈빛으로 물었다.

"아… 회장님이라고요? 이해가 되질 않습니다. 회장님이 왜 군고구마 장사를?"

회장이라 불리는 군고구마 장사꾼은 나에게 되물었다.

"자네, 그 이유가 궁금한가?"

"네, 무척 궁금합니다."

"그럼 먼저 이 문제를 풀어보게. 이 문제에 대해 자네가 정확하게 이해하지 못한다면 내가 자네에게 무언가를 가르쳐 주는 것 자체가 무의미하거든. 내가 군고구마 장사를 하게 된 까닭은 그 후에 이야기해 주지."

그리고는 내게 이렇게 물었다.

"자네는 피할 수 없다면 즐기라는 말을 알고 있나?"

"물론 알고 있습니다. 하고 싶지 않은 일이라도 피할 수 없다면 차라리 즐거운 마음으로 임하라는 말 아닌지요."

"정확하게 다른 사람들이 알고 있는 만큼, 그만큼만 알고 있군."

나는 다소 퉁명스런 말투로 얘기했다.

"그럼, 그 말에 다른 뜻이 더 있다는 말씀이신가요?"

군고구마 장사꾼은 여유롭게 고구마를 뒤집으며 말했다. 사장은 그 군고구마 장사꾼에게 회장님이라는 호칭을 썼지만 나는 군고구마 장사라는 편견에 사로잡혀 도저히 그 사람이 회장이라 생각되지 않았다.

"자네는 하고 싶지 않은 일을 즐겁게 할 수 있다고 생각하나? 솔직하게 말해보게."

나는 선뜻 대답하지 못했다. 사실 정말 하고 싶은 일도 시간이 지나면 지겨워져 하기 싫어지기 마련이다. 하물며 하고 싶지 않은 일을 즐겁게 한다는 건 상식적으로 불가능한 말이었다. 그렇기에 나는 무슨 대답을 해야 할지 막막했다.

"음……."

"역시 대답하지 못하는군. 내가 대답해주지. 피할 수 없다면 즐겨라, 라는 말은 상당히 무책임한 말일세. 나는 수많은 학자가 피할 수 없는 일을 피할 방법을 찾지 못했기 때문에 그저 허울 좋은 의미가 담긴 자포자기식의 명

령법을 사용해서 즐기라고 표현한 거라고 생각하네. 그 말을 만든 사람은 너무나 무책임하게 자신의 혀를 놀린 거지. 이 말 하나 때문에 이 세상의 죄 없는 사람들이 하기 싫은 일을 즐기며 하기 위해 얼마나 노력하겠나? 절대로 즐길 수 없는 일인데…….”

군고구마 장사꾼은 한껏 목소리를 높이며 말했다.

“나는 사람들이 어떠한 일을 마주했을 때, 피할 수 없다면 오히려 현재의 상황보다 더욱더 고통스러운 곳으로 자신을 집어넣기를 바라네.”

나는 회장의 말이 앞뒤가 맞지 않는 것 같아 반문했다.

“그건 피할 수 없다면 즐겨라, 라는 말보다 더욱더 자포자기식의 방법이 아닐까요?”

“하하하. 그렇게 생각하나?”

나는 단호하게 대답했다

“그렇습니다.”

“자네, 청어라는 물고기를 아는가? 회 맛이 아주 좋은 놈이지.”

“알고 있습니다. 그런데 갑자기 청어는 왜?”

"청어라는 놈은 성질이 아주 급하지. 그래서 잡히면 제 풀에 못 이겨 금세 죽어버리지. 그런데 회 맛의 가장 중요한 것이 신선도 아닌가? 죽은 생선을 회로 먹는 것을 상상이나 할 수 있겠나?"

나는 일그러진 표정으로 대답했다.

"죽은 생선을 회로 먹는다? 생각만 해도 몸서리가 쳐집니다."

"그런데 우린 청어를 살아 있는 상태로 먹지 않나? 그 성질 급한 청어를 싱싱한 회로 먹을 수 있다는 게 자네에게 얘기해 주고 싶은 첫 번째 성공의 흔적일세."

나는 그 의미가 매우 궁금해서 회장의 눈을 바라보며 말했다.

"대체 그것이 무엇을 뜻하는 것입니까?"

"청어의 천적은 바다 뱀장어야. 바로 그 뱀장어를 청어가 있는 곳에 함께 풀어 놓는 게 그 방법이지. 천적인 뱀장어가 자신의 옆에서 활기를 치며 돌아다니면 제 급한 성질을 못 이겨 죽기 직전이었던 청어도 뱀장어에게 먹혀 버릴 위험에 처하게 됐음을 직감하고 살기 위해 몸부림치며 갖은 노력을 다 하지. 그렇게 악조건 속에서 몸부림치며 싱싱한 상태로 제 몸을 유지하게 되는 거라네. 물론 그 중에 몇 마리는 희생을 당하지. 하지만 그들도 성질 때문이 아니라 당당하게 살기 위해 싸우다가 죽은 거야."

어느새 나는 귀 기울여 회장의 이야기를 듣고 있었다. 그때부터 나는 마음속으로 군고구마 장사꾼이라는 말 대신 회장님이라는 호칭을 쓰고 있었다. 그건 존경심이 가슴 밑바닥에서 올라오고 있다는 것을 증명하고 있는 것이었다.

"그런데 그 청어의 삶에서 인간세계에서 의미하는 성공의 흔적을 발견할 수 있을까요?"

"물론이지. 잘 들어보게. 사람들은 죽고 싶다, 살고 싶지 않다, 라는 말을 자주 하지. 하지만 그런 사람들에게 정말 죽음의 순간이 찾아온다면 어떨까? 정작 살아 있을 때조차 발휘하지 못했던 생애 최고의 힘을 내며 발버둥을 칠 것이 분명해. 그건 삶이 고통스러울수록 더 살고 싶어지는 법칙이 숨어 있다는 것을 의미하지. 물론 자신의 천적과 싸우다가 죽은 청어처럼 삶의 마지막을 맞이하는 사람들도 있을 거야. 하지만 그 정도의 위험없이 얻어지는 것은 이 세상에 아무것도 없지."

"회장님의 말씀은 피할 수 없는 고통 속에서 더 큰 고통의 아픔을 느끼며 성공의 흔적을 만들어가라는 것이군요."

"그렇지."

회장은 고개를 끄덕이며 말을 이었다.

"고통은 자신을 더욱더 성공하고 싶어지게 만들어주는 무한의 힘이지."

"하지만 이해가 되지 않는 것이 있습니다. 그런 말씀을 하시는 회장님은 왜 지금 군고구마 장사를 하고 있는 건가요?"

회장은 군고구마를 하나 꺼내 나에게 권하며 얘기했다.

"자네는 이 군고구마가 어떻게 보이나? 혹시 우습게 보이나?"

나는 계면쩍은 웃음을 보이며 대답했다.

"아니, 그런 게 아니라… 회장님이 하실 일이 아닌 것 같아 말씀드리는 겁니다."

"내가 할 일이 아니라… 내가 군고구마 장사를 하는 건 효율성의 문제네."

 고통을 이용하라

삶의 무게를 이겨내는 데에는 여러 가지 긍정적인 방법이 있다.

운동, 명상, 뜨거운 목욕이나 혼자만의 시간을 가지면서 차분히 생각을 적어 보거나 삶의 패턴에 변화를 시도하며 전문가와 상담을 하거나 도움을 받을 수 있는 모임을 찾아가는 것 등 다양하다. 두려움과 걱정에 시달리다 주저앉지 말고 과감하게 결정을 내릴 줄 알며, 그대로 실행할 수 있는 법을 배워야 한다. 두려워하면 아무것도 할 수 없다. 실천없이는 생각의 감옥에서 탈출할 수 없다.

고통을 두려워하며 실천에 게을렀던 당신은 그저 살기만 하면 뭔가 이룰 줄 알았을 것이다. 그런 당신에게 부족한 것은 바로 고통 속에서 길을 찾는 방법을 모른다는 것이다.

만약 당신이 뭔가를 이루지 못하는 사실 때문에 고통받고 있다면 스스로를 고통 속으로 더욱 밀어 넣어라. 시간은 우리를 기다려 주지 않는다. 피할 수 없다면 지금 당장 고통 속에 들어가 당신조차 몰랐던 당신 안의 길을 발견하고 그 길을 걸어갈 수 있는 더 큰 에너지를 발견하라.

원하는 것을 이루지 못한 대부분의 사람은 실제로 무언가를 이루지 못한 것이 아니라 단지 고통 앞에서 단념한 것뿐이다. 당신에게 남은 문제는 '고통 앞에서 포기할 것인가? 아니면 다시 일어나 고통을 이용할 것인가?' 를 결정하는 일이다.

두 번째 흔적

—자동차는 최고 시속이 3키로다

나는 군고구마와 회장을 번갈아 바라보며 전혀 상관
없을 것 같은 이 둘 사이에 무슨 효율성이 있을까 생각하
며 중얼거렸다.

"효율성?"

"자네가 성공의 두 번째 흔적을 꺼내게 만들었군."

"효율성이라는 것이 성공의 흔적에 속하는 건가요?"

"그럼 물론이지. 효율성은 아주 중요한 문제야."

회장은 옆에 있는 사장을 바라보며 얘기했다.

"효율성의 문제는 여기 있는 사장이 잘 알고 있지. 여
보게, 그렇지 않은가?"

사장은 회장의 얘기에 웃으며 대답했다.

"그럼요. 제가 아주 잘 알고 있죠, 조금 전에도 그걸 실천했습니다."

저녁 내내 나와 함께 있던 사장이 조금 전에 그 효율성을 실천했다는 말이 이해가 되지 않았다.

"사장님, 무엇을 말씀하시는 겁니까?"

"하하, 자네의 투정을 받아주며 30분 동안 걷질 않았나. 그게 효율성의 실천일세."

"그게 효율적이라니요? 저는 받아들이기 힘듭니다. 차를 타고 오면 다리도 아프지 않고 편하게 올 수 있었는데, 쉽게 도착할 수 있는 방법을 두고 걸어온 게 효율적이라뇨? 그건 아무리 생각해도 효율적이기보다는 미련한 방법입니다."

"그렇게 생각하나?"

"아마 누구라도 그렇게 생각할 겁니다."

"그럼, 우리가 버스를 타고 왔다고 생각해 보게. 이 시간에 강남역은 한참 막힐 시간이니 15분 정도가 걸렸을 걸세."

나는 반박하며 말했다.

"그것 보십시오. 아무리 막힌다지만 30분 걸릴 거 15분에 오면 그게 더 효율적이 아닙니까?"

사장은 끌끌, 혀를 차며 이야기했다.

"자네는 하나만 아는군. 왜 걸린 시간만 생각하나? 우리가 버스를 탔다면 차비가 1,600원이 들었을 거야. 작은 돈일 수도 있지만 자네는 1,600원을 버는 데 얼마만큼의 시간이 걸리나?"

"제 월급이 2백만 원쯤 되고… 음… 시간당으로는 4,800원이니까. 1,600원을 버는 데는 20분 정도 걸립니다."

"그럼 버스가 가는 시간에 그 차비를 버는 시간인 20분을 더해 보게."

"35분입니다. 아…….."

"그거야. 그게 바로 효율성의 문제네. 결국은 걸어가는 것이 더 빠른 선택이 아니겠는가? 내가 차가 없던 이유도 그것에 있네. 우리는 더 빨리 목적지까지 도착하기 위해 차를 사고 몰고 다니지. 하지만 그 효율성을 따진다면 어떨까? 차를 사기 위한 돈, 기름 값, 보험료… 결국 각종 유지비를 합한 금액을 벌기 위해 우리는 더 많은 시간을 일해야 하네. 그건 비효율적이지."

사장은 큰 목소리로 또박또박 말했다.

"사람이 걷는 속도가 시속 4키로야. 그런데 목적지에 더 빨리 도착하기 위해서 구입한 차의 비용을 벌기 위해

들인 시간을 합하면 우리가 몰고 가는 차의 속도는 겨우 시속 3킬로를 넘지 못한다네. 이건 놀랍지만 자명한 사실이야."

그리고 회장의 얼굴을 바라보고 미소를 한번 지어보이더니 이어서 말을 했다.

"그리고 이 효율성의 법칙에 따라 나는 작년에야 비로소 차를 구입하게 된 거지. 이젠 차를 소유한다는 게 나에게 마이너스가 아닌 플러스 요인이 되기 때문이야. 효율성도 중요하지만, 그 효율성의 때를 안다는 것이 더 중요한 거야."

사장의 효율성의 이론은 나에겐 충격이었다. 그래, 생각해 보면 사장의 말은 모두 옳았다. 차의 월부금과 기름값, 보험료… 게다가 사고라도 한 번 나면 정신없이 오르는 보험료의 거대한 공격 때문에 나는 더 많은 시간을 일해야 했고, 그 시간을 합하면 차를 몰고 다니는 것은 오히려 나의 속도를 느리게 만드는 것이었다. 돈을 벌어 차를 몰고 다니는 것이 아니라 차의 유지비를 벌기 위해 돈을 버는 주객이 전도된 상황이었던 것이다.

머릿속에 새로운 지식들이 쌓여 정신을 차리지 못하고 있는 내게 회장이 말했다.

"군고구마를 손에 들고만 있을 텐가?"

나는 내 손에서 이미 식어버린 군고구마를 바라보며 말했다.

"아… 두 분의 소중한 말씀을 듣고 있다 보니 고구마가 제 손에 있는 것조차 잊고 있었습니다."

"하하하. 자네를 너무 괴롭힌 건가? 서서 이 늙은이 얘기를 듣느라 힘들었을 텐데 어서 맛이라도 보게."

나는 아직 궁금한 게 남아 있었기 때문에 예의상 고구마를 한입 베어 물고는 다시 회장에게 질문을 했다.

"그럼 회장님은 왜 돈을 많이 벌고 계속해서 명예를 이어갈 수 있는데 고생을 하며 군고구마 장수를 하시는 겁니까. 회장님의 말씀대로라면 이건 효율성의 법칙에서 너무 동떨어진 것 아닌가요?"

"하하하. 그렇게 보이나?"

회장은 크게 웃더니 주위를 한 바퀴 휙 둘러보며 말했다.

"그래, 내가 자네에게 그 이유에 대해서 알려주지. 이것은 성공을 위해 반드시 갖추어야 할 부분이니 앞으로 내가 하는 말을 잘 들어야 하네."

"아, 그렇게 중요한 것인가요? 잘 듣겠습니다."

"음… 그래. 자네는 이곳에서 무엇을 보았나?"

"네? 사람들과 포장마차, 그리고 빌딩들… 뭐 이런 것들이 보입니다."

회장은 포장마차 밖으로 나오더니 오른쪽에 손으로 쓴 듯 보이는 '군고구마 4개 2천 원'이라는 종이를 가리키며 말했다.

"군고구마 4개 2천 원. 이것에서 느껴지는 게 있나? 이 문구가 바로 나를 군고구마 장수로 살게한 가장 큰 이유이네."

"그건 그냥 값을 알려주기 위해 써 놓은 게 아닌가요? 그것 때문에 회장님이 군고구마 장수로 인생을 바꿨다는 것이 이해가 되지 않습니다."

"맞네. 값을 알려주기 위해 쓴 것이지. 하지만 그게 전부는 아닐세. 언제나 보이는 것이 다가 아니지."

회장은 조용하게 말을 하기 시작했다.

"자네도 알다시피 나는 많은 것을 가졌네. 사업에 성공해서 돈과 지위를 얻게 되었지. 그래, 나도 그게 최고인 줄 알았어. 그런데 어느 날 자네가 서 있는 그곳에서 나도 어떤 군고구마 장수에게 고구마를 사기 위해 서 있었고 그때, 성공과 돈이 전부가 아니라는 것을 깨달았다네. 나는 아침에 일어나 잠자리에 들기까지 그저 아무런 목적 없이 경영에 대한 생각을 하며 돈을 버는 것에만 급급했지. 그런데 전혀 즐겁지가 않았어. 그저 내 삶이 무의미하게 느껴졌지. 그걸 깨닫게 해준 사람이 바로 군고구마 장수였네. 그 군고구마 장수는 몸이 불편한 사람이었어. 군고구마를 달라고 말하기 미안할 만큼 거동이 불편했지."

"군고구마 장수가 몸까지 불편하면 장사를 하는 것이 정말 힘들었을 텐데……."

"그래, 그런데 다행스럽게도 그에게는 중학교에 다니는 아이가 하나 있었다네. 어느 날 그 아이가 군고구마 장수에게 다가가더니 '아빠, 몸도 안 좋으신데 이만 들어가세요, 제가 대신 고구마를 팔다가 들어갈게요'라고 말하는 거야. 그때 나는 '참 효심이 깊은 아이구나'라고 생각했지. 그때는 마침 내가 서점 하나를 인수한 시점이었어. 그 아이에게 좋은 책을 선물하고 싶어서 물었지. '애야, 학교 가서 공부하고 여기에 와서 밤늦도록 아버지를 도와드리면 힘들지 않니?' 그랬더니 그 아이가 힘들지 않다고 말하더군. 나는 그렇게 말하는 그 아이의 얼굴이 너무나 아름다워 보여서 '혹시 학교에서 필요한 책 없니? 이 아저씨가 서점을 하나 운영하는데 네 마음이 너무 예뻐서 좋은 책을 선물하고 싶구나'라고 말했지. 그런데 그 아이는 아무런 책도 필요하지 않다더군."

사장의 긴 이야기를 듣고 나는 당연한 듯 말했다.

"동정 받기 싫었던 거군요."

회장은 그게 아니라는 듯 피식 웃으며 대답했다.

"동정? 나도 처음엔 그런 줄만 알았지. 그래서 '이 아저씨가 책을 주는 게 싫으니' 라고 물었더니 그 아이는 '저는 하루에 한 번씩 이 세상에서 가장 감동 깊은 글을 읽고 있는 걸요' 라고 대답하더군. 나는 군고구마 장수가 가난한 살림에 그래도 좋은 책을 사 주며 자식 교육은 잘 시키는구나, 생각하며 물었지 '어떤 것이 가장 감동 깊었니?' 그리고 나는 그 아이의 대답에 놀라지 않을 수가 없었다네."

나는 궁금해져서 물었다.

"대체 그 책이 어떤 책이기에 회장님이 놀라시기까지……."

"그 아이는 내게 '전, 이 세상에 그 어떤 아름다운 이야기가 담긴 책보다 몸도 불편하신 아버지가 손수 수성펜으로 삐뚤삐뚤 써 놓으신 군고구마 4개 2천 원, 이라는 문구가 세상에서 가장 감동 깊어요. 저 글씨 안에는 가족들을 사랑하는 마음과 아무리 자신의 몸이 힘들어도 끝까지 포기하지 않겠다는 의미가 담겨 있는 거잖아요. 저는 아버지의 저 글씨를 보며 마치 책장을 넘기듯 가족을 사랑하는 아버지의 마음을 넘겨볼 수 있어요' 라고 대답하더군."

내 입은 나도 모르게 아, 라는 탄성을 뱉어내고 있었
다.

"나는 그동안 성공은 했지만 그 아이가 말하는 감동의
세계를 경험하지 못했던 거지. 그처럼 사람이 한쪽으로
만 기울어진다는 건 정말 불행한 일이거든. 삶을 살면서
다른 면도 봐야 하는데 한쪽만 알고 죽는다는 건, 최악이
지. 그래서 나는 내 인생의 효율성을 이젠 돈이 아닌 사
람냄새가 나는 삶에 두었네. 자네가 보기엔 내가 효율성
이 없는 인생을 살고 있다고 생각하겠지만 내가 생각하
는 내 인생은 지금 아주 순탄하게 흘러가고 있다네. 아무
생각 없이 습관적으로 움직이며 아까운 시간과 에너지를
낭비하지 않게 된 것이지."

"그럼, 어떤 방식으로 하루를 살아야 회장님처럼 자신
에게 가장 효율적인 삶을 살 수 있게 되는 건가요? 저는
그 방법이 궁금합니다."

"일단 자네가 어떠한 일을 대할 때 내가 이 일을 왜 하
는 건지, 이것이 왜 나에게 필요한 건지 꾸준하게 생각해
보는 시간을 가지는 게 중요하네. 그리고 마지막으로 자
네가 궁극적으로 이루고 싶은 것과 자네가 지금 하고 있
는 일의 목적은 일치하는지 끊임없이 생각해야 하네. 자

네의 목적과 다르게 행동하고 있다면 수정해 나가는 노력이 필요하지."

나는 나의 잘못된 지난 시절을 떠올리며 반성하는 얼굴로 말했다.

"회장님의 말씀은 이해하기 쉬워서 외우려 하지 않아도 저절로 머리에 각인이 됩니다. 회장님의 말씀은 그냥 버릇처럼 일을 하는 게 아니라 목적을 생각하고 일을 하는 것이 성공에 이를 수 있는 가장 효율적인 길이라는 거군요. 그 이야기를 듣고 제 과거를 떠올리니 정말 맞는 말씀이라는 게 느껴집니다. 진작 회장님의 말씀을 들을 수 있었다면 지금보다 제 삶이 달라질 수도 있었을 거라는 생각이 듭니다."

"하하하. 그럴 수도 있었을 테지. 하지만 단지 목적을 생각하고 효율적으로 일을 하는 것만이 전부는 아닐세. 확고한 목적의식과 효율성으로 일을 진행해도 문제는 생기게 마련이지."

"그럼, 또 제가 무엇을 알아야 합니까? 그게 무엇인가요?"

 가장 효율적으로 최종 목적을 달성하라

　당신은 유능하지만 부패한 공무원과 무능하지만 청렴한 공무원 중 어느 쪽이 더 임무에 효율적이라고 생각하는가?

　물론 청렴하고 유능한 공무원이라면 더없이 좋겠지만 굳이 한쪽을 고르자면 어떻겠냐는 것이다. 질문의 본질은 '공무원이 무엇을 하는 사람들이냐' 는 것에 있다. 그들이 무엇을 하는 사람이냐에 따라 대답의 방향은 달라지고 어떤 쪽이 더 효율성이 있느냐도 결정될 것이다.

　주 5일 근무제를 예를 들어 이야기해 보자. 사회 전체가 마치 주말을 몽땅 쉬어야만 업무효율성이 좋아진다는 생각을 하고 있지만 어떤 측면에서 이것은 옳은 발상이 아니다. 물론 긍정적인 측면이 있는 것은 공감하지만 경제라는 것이 우리가 일하는 월요일에서 금요일까지만 살아 숨 쉬는 생물은 아니지 않는가. 오히려 주 5일제가 되면서 금요일만 기다리며 일하는 동안 내내 딴생각에 빠져 있고, 시간 때우기 식으로 회사를 다니는 직원들도 많아지고 있다. 이때 이들을 먹여 살리는 것은 소수의 직원이다.

　우리가 살아가는 이유가 무엇인가? 회사에 다니는 이유는 무엇인가? 월요일부터 금요일까지 일하며 원하는 목표를 이루기 위해 사는 것인가, 단지 주말에 편안하게 쉬는 것을 위해 주중을 스쳐 보내는 것인가?

그저 돈이 많은 것이 삶의 목표인 사람도 있을 것이고, 마음의 평안이 삶의 목표인 사람도 있을 것이다. 각자의 삶의 목표에 따라 그 대답은 달라질 것이고, 세월이 지난 먼 훗날 그 효율성 또한 크게 달라질 것이다. 그러므로 자신의 일의 목적을 정확하게 알고, 필요 없는 일에 소요되는 시간을 줄이자. 당신은 혹시 현재 진행하고 있는 프로젝트에 아무런 문제가 없다는 것을 보고하기 위해 야근을 하며 화려한 양식의 보고서를 작성하고 있지는 않는가?

세 번째 흔적
—지금 당신이 무엇을 해야 하는지 당신의 때를
알아라

"그것에 대해 먼저 말해주기 전에 하나 묻겠네. 자네는 내가 어떻게 사는 것처럼 보이나?"

"회장님은 인생을 모두 계획하고 살고 계신 것 같습니다. 회장님의 과거의 모습도 지금의 모습도 너무나 존경스럽습니다."

"계획이라… 자네, 혹시 알고 있나?"

"무엇을 말입니까?"

"실패한 자는 내일을 생각하고, 성공한 자는 10년 후를 생각한다네."

회장은 계속 말을 이었다.

"실패한 사람들은 돈을 벌 때 당장의 작은 이익에 눈이 멀어서 준비 없이 돈을 벌기 시작하지. 하지만 그들이 버는 돈은 그 금액이 아주 작을 수밖에 없어. 누가 아무것도 준비되지 않은 사람에게 많은 돈을 주겠나? 하지만 성공한 자는 당장의 푼돈에 연연하지 않고 5년 혹은 10년 후를 계획하지. 그리곤 자신에게 투자를 해. 결국은 그 투자가 몇 년 후에 더 많은 돈을 가져다줌은 물론이지."

나는 아직 무언가 이해가 되지 않았지만 고개를 끄덕이며 말했다.

"말의 의미는 알겠지만, 쉽게 이해되지는 않습니다."

"음, 그런가? 그럼 쉽게 예를 들어주지. 자네 설렁탕 좋아하나?"

"설렁탕이야 어렸을 때부터 제가 아주 좋아하는 음식이죠."

"설렁탕의 육수를 만들려면 냄비의 뚜껑을 덮고 몇 시간을 끓여야 하네. 그렇지 않나?"

"네, 맞습니다. 오래 끓일수록 진국이 우러나니까요."

"하지만 사람들은 결과를 일찍 확인하고 싶음 마음에 자꾸만 뚜껑을 열어 보지. 하지만 그럴수록 그 육수는 진국이 되기 힘들어. 그게 실패한 사람들이야. 하는 것 없이 결과만 자꾸 확인하려 드는 사람. 하지만 성공한 사람들은 냄비의 뚜껑을 열 때를 알고, 기다림의 때를 아는 노하우를 가지고 있어. 이제 이해가 좀 되나?"

나는 여전히 이해하지 못하겠다는 표정을 지으며 말했다.

"기다림이라… 그 성공의 기다림이라는 건 알겠지만 언제가 뚜껑을 열 가장 적당한 때일까요?"

회장은 바지 주머니에서 성냥 하나를 꺼내 불을 붙이며 말했다.

"삶을 이 성냥이라 한다면, 우린 성공을 하기 위해 이 성냥에 불을 붙이는 것이 되지. 어떤 사람은 성냥을 들고 있는 손이 뜨겁고 고통스러워 빨리 성냥을 놓아버리지만 또 어떤 사람은 끝까지 아픔에 대응하여 견디다가 끝내 손이 불에 데이고 말지. 이것은 중요한 문제야. 적당하게 성냥이라는 성공의 불길을 조절하며 손에서 놓아버려야 하는 때를 안다는 건."

나는 고개를 저으며 말했다.

"때를 안다는 것이라… 조금 막연한데요."

"막연하긴! 자네 앞에 자세한 설명이 있질 않나."

"네? 제 앞에요?"

일곱 가지 성공의 흔적

"바로 이걸세. 군고구마와 나… 자네가 물어봤지. 회장 자리를 내던지고 왜 이렇게 고생스러운 군고구마 장사를 하느냐고. 나는 이제 돈보다는 삶의 감동을 얻고 싶었다고 했질 않나. 그건 방금 알려줬듯이 펜으로 꾹꾹 눌러 쓴 군고구마라는 단어의 따스함을 알게 된 무렵이지. 이만큼 나의 삶을 아름답게 충족시켜 주는 것은 또 없네. 작은 군고구마 하나가 나에게 돈에 대한 욕심을 버려야 할 때를 알려준 셈이지."

"회장님은 저랑 생각이 다른 것 같습니다. 물론 회장님의 인생을 존경하지만 저는 그래도 돈과 성공을 가지고 싶거든요."

"그래, 생각이 다를 수밖에 없지. 이 세상엔 너무나 많은 사람이 있는데 나의 생각을 강요할 수는 없는 거야."

나는 고개를 끄덕이며 말했다.

"제 주위에도 아무리 친구라지만 생각이 너무 다른 이들이 많습니다. 때론 그것 때문에 싸우고 다시는 만나지 않는 경우도 있고요."

회장은 생각에 잠시 잠기더니 입을 열었다.

"그래, 이 세상에 50억이 넘는 사람이 있듯 생각 또한 셀 수 없이 많음을 부정할 수 없지. 우린 그 많은 생각을 무시하고 살수는 없어. 다 이해하고 살아야해. 아니, 이해하지 못한다면 적어도 외면하지는 말아야지. 자네가 이해하기 쉽게 얘기해 주지."

나는 더욱 귀를 기울여 회장의 이야기를 듣고 있었다.

"많은 사람이 자신과 생각이 다른 사람들은 인정하지 않아. 사람들은 누군가에게 자신과 다른 점이 발견되면 그 상황을 참지 못하고 철저하게 외면하지. 하지만 우리가 세상을 살아가는 데 마음에 드는 사람들만 사귀며 살아갈 수는 없어. 그건 아주 위험한 생각이야. 세상을 살면서 마음에 드는 사람들만 사귄다는 건 이 세상의 많은 사람 중에 반은 버리고 살겠다는 말이거든. 그리고 이걸 기억하게."

회장은 헛기침을 한 번 하더니 이렇게 말했다.

"내가 보는 남쪽이 상대방에게는 북쪽일 수 있다."

"아… 그렇군요. 마주보고 있는 사람도 내가 보는 방향과는 완전 반대일 테니까. 북쪽과 남쪽… 실로 엄청난 차이군요. 하지만 북쪽과 남쪽의 엄청난 방향의 갭을 이해하고 다른 사람을 이해하며 살아야 하는 이유가 그것

뿐이라면……."

나는 어차피 이 세상의 모든 사람과 소통을 하고 살수는 없으니 좋은 사람만 만나며 사는 것도 나쁘지 않다고 생각했다. 그래서 회장에게 다소 공격적인 어투로 물었다.

"회장님, 물론 좋은 말씀이지만 어차피 이 세상 사람들을 다 알고 지낼 수는 없는 노릇 아닙니까? 단지 이 세상의 반을 포기하지 않기 위해서 이해의 폭을 넓혀야 한다면 그건 좀 효율적이지 않은 것 같습니다만."

"하하하. 자네, 내 말을 제대로 이해하지 못했군."

회장은 크게 웃으며 말했다.

"자넨 공부를 잘했었나?"

"아주 잘하진 못했지만, 그저 남들에게 못한다는 소리는 듣지 않고 살았습니다. 뭐 아주 가끔은 그렇지 않을 때도 있었지만……."

"그래? 그럼 그렇지 않을 때는 언제였나?"

"고등학교 시절에 음악을 광적으로 좋아했습니다. 한동안 교내 밴드부에 가입해서 공부를 등한시했었죠. 그때 잠시 성적이 엄청나게 떨어졌어요. 하지만 그 이후론 성적이 떨어진 일이 없었습니다."

나는 그때 이후론 성적이 떨어진 적이 없다는 부분에

서 힘을 주어 말했다.

"그런가? 그럼 자넨 그 이유가 뭐라고 생각하나?"

"무슨 이유를 말씀하시는지?"

"밴드부에 있었던 시절에 성적이 나빴다가 그 이후로 성적이 다시 좋아지고 떨어지지 않은 이유가 뭐라고 생각하나?"

나는 자신있게 대답했다.

"그건 제가 밴드부를 그만두고 공부에 전념했기 때문이죠."

회장은 내 어깨를 매만지며 말했다.

"바로 그걸세."

"네? 그거라니요?"

"생각해 보게. 밴드부를 하며 성적이 떨어짐으로 인해서 자네는 뭘 느꼈는가?"

"학생은 공부를 해야 한다는 걸 느꼈습니다. 물론 두 가지 모두를 성실히 해내는 친구도 있었지만 제겐 역부족이었습니다. 그래서 전 학생의 본분인 공부를 선택했습니다."

"그래. 바로 그거네. 때를 알면 길이 보인다."

회장은 힘있게 말을 이었다.

"밴드부 생활을 하며 공부를 하니 성적이 떨어짐을 확

인하고는 왜 성적을 유지하는 데 실패했는지를 알게 된 거네. 그리고 그 실패의 원인을 알게 된 후 다시 성적을 끌어올리기 위해 밴드부를 포기해야 한다는 성공의 길을 찾은 거지. 만약 자네가 어린 시절에 그런 실패들을 하지 않았다면 나이가 더 먹고 나서 더 큰 실패를 겪었을 테지. 그때는 이미 늦어버린 후일 것이네."

나는 손으로 머리를 쓸어올리며 말했다.

"회장님의 말씀은 마음에 들지 않는 이 세상의 사람들에게서 그 이유를 찾고 성공의 길을 알아내라는 말씀이군요."

"그렇지, 바로 그거네. 누군가가 마음에 들지 않는다는 건 나 자신의 문제일 수도 있지만 상대방에게 무언가 결점이 있기 때문이야. 자네는 그 상대방의 결점을 찾고 그 반대로 행동하면 되는 거지. 실패의 반대는 성공이니까 말이야. 그리고 먼 미래를 내다보면 그렇게 실패를 거듭하는 것이 성공하는 것보다 백배는 더 중요하다는 것을 알아야 하네."

"다 좋지만, 회장님. 그런 결과를 얻기 위해 사람들과 친해지려면 기본적으로 말도 잘해야 하고 붙임성도 있어야 하는데 저에겐 그런 능력이 없어서 그게 좀 힘이 듭니다."

체념한 듯한 내 얼굴을 바라보며 사장은 방법을 가지고 있는 것처럼 열띤 목소리로 말했다.

"그렇다면 아무래도 자넨 세상에서 가장 어려운 일을 해야겠군."

"네?"

"훌륭하고 멋진 일들을 하는 것보다 더 힘들고 어려운 게 뭔지 알고 있나?"

나는 작게 웃으며 말했다.

"혹시, 더 훌륭하고 더 멋진 일을 하는 건가요?"

"하하하. 그건 아니지. 훌륭하고 멋진 일들을 하는 것보다 더 힘들고 어려운 일은 그것들을 보고 적재적소에 참 멋지구나, 훌륭하구나, 라고 말하며 인정해주는 일일세. 사람들은 격려나 칭찬에 너무나 인색해. 물론 비평이나 조언을 해주는 사람도 필요하지. 하지만 자네는 아직 비평이나 조언을 해주는 것보다는 다른 이들의 좋은 점을 칭찬해 주며 온전히 자네의 것으로 만들어야 할 때라네. 그래서 자네에게 칭찬이 필요한 것이네. 사람과 사람 사이를 온전하게 이어주는 것은 칭찬의 힘이니까. 하지만 정확한 때에 칭찬을 하지 않고, 시기를 놓쳐 버리면 제아무리 마음에 드는 칭찬을 하더라도 소용이 없게 되지. 칭찬의 정확한 때를 알고 하는 것이 중요하다네."

나는 어느 정도 수긍은 가지만 칭찬에 대한 거대한 옹호론을 펴는 사장의 말에는 쉽사리 동의할 수 없었다.

"물론 제가 누군가에게 비평이나 조언을 할 때가 아니라는 걸 잘 알고 있습니다. 하지만 칭찬의 힘이 그렇게 대단한가요?"

"대단하고말고. 실험 결과 우리가 사소하게 생각하는 물에도 칭찬의 힘이 적용된다고 발표되었다네. 잘했다, 라는 말을 반복적으로 들려준 물의 결정은 아주 아름답게 변하지. 그에 비해 욕을 하고 못난 놈, 이라는 말을 반복해서 들려준 물의 결정은 그 본래의 구조를 잃고 파괴된 형상으로 나타나게 되네. 생각해 보게. 물 한 방울도 칭찬 한마디에 그렇게 반응을 하는데 사람 몸의 70%를 차지하고 있는 그 수많은 물의 결정 하나하나가 상대방의 칭찬에 반응을 보이는 건 엄청난 일 아닌가? 칭찬을 받은 사람은 칭찬을 해준 상대방에게 깊은 호감을 보이게 되는 현상은 두말 하면 잔소리지."

나는 한껏 들뜬 목소리로 말했다.

"그렇다면 사람을 사귀기 위해선 그 사람에게 칭찬을 해야 하고 그 사람의 안 좋은 점을 반대로 적용해서 누구에게나 좋은 사람이 되란 말씀이군요. 또 결론적으로는 좋은 사람이 성공하는 사람이라는 말씀이구요."

"그렇지. 자네가 이제야 내 말 뜻을 알아들었군. 하지만 자네를 유심히 관찰하니 문제가 있어. 성공의 힘을 더 강력하게 발휘하기 위해서 자네가 갖춰야 할 게 하나 있네."

나는 그것이 무엇인지 너무 궁금했다.

"그게 도대체 뭡니까? 제게 있는 문제라는 게……."

회장은 나를 한 번 쭉 훑어보더니 말했다.

"자네는 회사를 몇 년이나 다녔나?"

"5년째 다니고 있습니다."

"그렇군, 5년이면 충분히 그럴 만한 시간이지."

회장은 알 수 없는 말을 하고 있었다. 뭐가 그럴 만한 시간인지, 그 의미를 알 수 없어 회장에게 물었다.

"그럴 만하다는 게 무엇을 의미하는 것입니까?"

"자네를 보면 자네가 굳이 명함을 내밀지 않아도 회사원처럼 보인다는 거야."

나는 공감한다는 듯 얼른 대답했다.

"그렇습니다. 사람들은 제가 회사에 다닐 것 같다는 이야기를 자주합니다. 하지만 그것이 나쁜 것은 아니지 않습니까? 변호사는 변호사처럼 보이고 선생님은 선생님처럼 보이고, 직업의 형태에 따라 인간이 변해 간다는 건 당연한 일인 것 같습니다만. 비록 회사원이 흔한 직업이긴 하지만…….”

그때, 회장이 나의 말을 일언부하에 잘라 버렸다.

“틀렸네. 그래, 자네가 회사원처럼 보인다고 한 게 나쁘다는 게 아니네. 문제는 직업의 좋고 나쁨이 아니야. 자네는 아직 하나에 구속되어 획일화되어야 할 때가 아니라 모든 것을 받아들이고, 다양성을 인정해야 할 시기라는 뜻이지. 음… 겨울에 폭우가 내린다고 생각해 보게. 그 눈 때문에 자네가 걷지 못하게 될까?”

“아무리 많은 눈이 내려도 태어나서 눈 때문에 걷지 못한 적은 단 한 번도 없었습니다.”

“그래, 그렇지. 아무리 많은 눈이 내려도 사람은 걸어 다닐 수 있어. 하지만 내가 말하고 싶은 문제는 쌓여 버린 눈이야. 쌓인 눈은 정체를 만들지. 미끄러움은 걸음을 방해하고, 자동차들이 다니기 힘들게 만들지. 그처럼 획일화되는 자네의 모습도 인간관계에 있어서 다양성을 인정하지 못하고 결국 다른 사람이 침범할 수 없는 정체를 만들어 버리네.”

“그럼 어떻게 해야 하는 건가요? 회사를 그만둘 수도 없는 노릇이고.”

"하하, 멀쩡하게 잘 다니는 회사를 왜 그만두나. 눈이 쌓였다면 얼어붙기 전에 녹이면 되는 거야. 쌓인 눈을 녹일 수 있는 건, 바로 사람냄새지. 사람들은 직업을 가지면 사람냄새를 잃어가네. 자신의 직업에 맞는 인간이 되어버리는 것이지. 그게 직업을 가진다는 것에서 가장 안 좋은 점이야. 하지만 사람냄새는 그 직업의 냄새를 사라지게 만들지. 생각해 보게. 단지 직업적으로 누군가를 칭찬하는 사람과 사람냄새 나는 사람이 인간적으로 칭찬하는 것, 어떤 것에 더 끌리겠나?"

"아, 정말 듣고 보니 맞는 말씀입니다. 돌이켜 보면 저 역시 회사에 얽매여 사느라 사람냄새를 잃었던 것 같습니다."

회장이 시계를 보더니 얘기했다.

"그런데 어쩌지? 아직 성공의 흔적을 다 알려주지 못했는데 여길 정리해야 할 시간이 다 되었네."

"아… 아직 회장님께 듣고 싶은 말이 많은데… 아쉽습니다."

회장은 내 손을 잡으며 조용하지만 분명한 목소리로 말했다.

"손이라는 건 잡을 수도 있지만 놓아버릴 수도 있네. 그처럼 성공이라는 것도 잡을 수도 있지만 잡지 못할 수도 있지. 하지만 내가 손을 놓을 때 놓아지는 게 아닌 내가 놓고 싶어서 놓는 것처럼 성공이라는 것도 절대 먼저 나의 손을 놓지 않네. 언제나 성공의 손을 놓아버리는 것은 인간, 자기 자신이지. 내 말은 때를 알고 그때를 놓치지 않도록 노력하라는 말일세. 누구나 자신만의 바구니 속에 성공의 공을 가지고 있어. 성공하지 못한 사람들은 바구니 안에서 성공의 공을 꺼내다가 지쳐서 포기하고 성공의 손을 먼저 놓아버린 사람이라네. 자넨, 그런 미련한 짓은 하지 말게나."

나는 고개를 숙이고 인사를 하며 말했다.

"회장님의 말씀이 저에게 새살이 되어 자라고 있는 것 같습니다. 그만큼 제겐 유익한 말들이었습니다. 회장님의 귀한 시간을 빼앗은 만큼 꼭 성공한 사람이 되겠습니다."

"그래, 내 말을 잘 들어주어서 고맙네. 오늘의 대화를 반드시 기억하게."

"물론입니다. 반드시 기억하겠습니다."

나는 회장과 헤어지고 사장과 함께 발걸음을 옮겼다.

오늘 하루는 참 많은 일이 있었던 것 같다. 왠지 나도 성공한 한 사람이 될 수도 있을 것 같다는 생각이 들었다. 너무 많은 말이 맴돌아 머릿속이 복잡하긴 했지만 여느 날처럼 회사의 잡다한 업무로 복잡한 것이 아니라 행복한 두통쯤이라고 해두면 좋을 것 같다는 생각이 들었다. 사장은 집으로 가기 전에 잠시 회사에 들러 내가 내민 계약서에 주저하지 않고 사인을 해주었다.

집으로 올라가기 위해 엘리베이터를 기다리고 있었다. 10층에 있던 엘리베이터가 내려오고 있었다. 아무 생각 없이 1층까지 내려오기를 기다리며 서 있는데, 엘리베이터가 가까이 내려올수록 뭔가 시끄러운 소리가 들려왔다. 그 소리는 3층 정도가 돼서야 알아들을 수 있었다. 누군가가 "이런 게 아니야… 이런 게 아니야"라고 소리치고 있었다. 문이 열리기 직전에는 거의 절규에 가까웠다. 문이 열리자 소리를 지른 듯한 40대 중년의 남자가 등장했다. 나를 보자 그 남자는 내 눈을 피하고 고개를 푹 숙였다. 나는 그 남자가 내릴 수 있게 옆으로 비켜섰지만 그는 내리려는 기색을 보이지 않았다. 그러려니 생각하며 엘리베이터를 타고 12층을 눌렀다. 그 남자는 올라가는 내내 내 뒤에서 "이게 아닌데, 이게 아니야"라고 중얼거렸다. 나는 귀만 뒤로 열어두고 무관심한 척 앞만 보고 있었다. 그런데 갑자기 털썩, 하는 소리가 났고 뒤를 돌아보니 그 중년의 남자는 주저앉아 울기 시작했다.

"아저씨, 아저씨. 일어나세요."

하지만 그의 몸은 쉽게 일으켜지지 않았다. 그 중년의 남자는 세상 밑바닥까지 추락하고 싶은 것처럼 보였다. 어느새 엘리베이터는 12층에 도착했고 나는 다시 1층 버튼을 눌렀다. 그리고는 주저앉아 있는 그 남자를 가까운 공원으로 데리고 가서 앉혔다. 술 냄새가 나는 걸로 봐서 술주정을 하고 있는 것이라 생각했다. 시원한 바람을 쐬면 정신 차리겠지 하는 마음으로 다시 집으로 향하려 하는데 "결국 내 마음대로 되는 건 하나도 없어"라고 말하는 그 남자의 말을 듣고 다시 그 남자에게 다가가 물었다.

"이제 술은 다 깨셨어요? 그런데 왜 엘리베이터를 타고 왜 오르락내리락 하셨어요?"

그 남자는 눈물이 가득 찬 목소리로 말했다.

"내 마음대로 되는 게 그것밖에 없으니까……."

그렇게 시작된 그 남자의 이야기를 30분이 넘도록 들었다. 일류대학을 졸업하고 재원이라는 얘기를 들으며 살아온 그 남자는 실패가 두려워 위험해 보이는 일은 피하며 성공만을 반복하다가 얼마 전 작은 회사를 차렸다고 한다. 그런데 어이없이 상위회사의 부도로 꼼짝하지 못하고 연쇄부도를 당해 빚만 쌓였다는 것이다.

40년 동안 힘들게 쌓아온 세월을 처음으로 다시 돌아가게 만든 부도에 그 남자는 망연자실해 살아갈 힘마저 잃은 것처럼 보였다.

그래, 어쩌면 나도 그렇게 살아왔다. 3년을 꾹 참고 일류대학에 들어가면 좀 나아지겠지, 군대에 다녀오면 모든 걸 새로 시작할 수 있을 거야, 대학을 졸업하면 또 다른 시작이 있겠지…….

하지만 일류대학을 졸업해도 좋은 직장에 들어가기 위한 취업 준비의 시작, 그렇게 내 인생은 언제나 시작이었다. 새롭게 시작한다는 건 그게 어떠한 것이든 개별적인 것이어서 그전까지의 나의 경력이나 이력은 모두 백지화된 후에 시작되는 것이었다. 또한 닥쳐올 시작은 지나간 모든 시작과는 전혀 다른 것이었다. 시작이 시작될수록 경험되지 않았던 것들에 내 인생은 언제나 '무효'라는 단어 속으로 들어갈 수밖에 없었다.

수많은 시작 속에서 겨우 얻은, 바삭하게 굳어버린 낙엽처럼 부서질 듯한 이력서. 그것을 들고 걷다가, 밀려가다가 그리고 쓸려가다가 힘겹게 직장을 얻어도 뱀처럼 징그럽고 빠른 세월은 나에게 아무것도 남겨주지 않왔다.

갓길을 살아온 여독을 채 풀지 못하고 다시 또 시작해야만 하는 삶. 꼬리를 잘린 뱀이 아픔을 잊으려 뒤돌아보지 않고 앞으로, 앞으로만 전진하는 것처럼 그것이 내 인생이었고 삶이었다.

도대체 언제까지 성공이라는 문 앞에서 이렇게 시작만 해야 하는 걸까. 그렇게 노력했으면 피라미드 상위 단계에 올라가 있어야 할 것 같았지만 나는 항상 밑바닥에서 세상의 모든 짐을 짊어지며, 굽힌 허리를 더 낮추며 또 시작하고 있었다. 그렇게 살아오는 동안 정말 아무 이유 없이 펑펑 울고 싶은 때가 있었다.

그렇지만 대체 누가 나를 대신하여 이 자리에 서서 울어 줄 것인가? 누가 대신 아파해 줄 것인가? 나는 앙상하게 뼈만 남은 삶을 사는 그 중년의 남자를 보며 슬퍼하고 있었지만 진정 나를 슬프게 하는 것은 얼굴을 가린 손가락 사이로 흐르고 마는 그의 눈물 때문만은 아니었다. 언젠가 나도 저렇게 처량한 모습으로 공원 벤치에 앉아 내가 바라는 것을 이루지 못한 현실을 아파하며 고통스러워할 것 같은 예감이 내 등골을 차갑게 지나치는 것에 슬퍼하고 있었다.

나는 그 예감이 '늘 나를 기다리고 있는 것들은 내가

114
115

바라는 것들과 일치하지 않았다는 것'에 대한 실망감이었다는 것을 알고 있었다.

그렇게 체념했었다. 하지만 이젠 다르다. 사장과 회장의 말을 듣고 나는 달라지고 있었다. 가벼운 실패에도 절망하며 실패가 두려워 능력이 아닌 시간만을 팔며 살아온 지난 세월이었다. 하지만 모든 것은 내가 선택한 것이며, 나는 그것에 따른 어떠한 대가를 치러야만 한다는 것을 알게 되었다. 모든 실패에는 이유가 있고 그것들은 지나간 실패이자, 다가올 성공을 약속하는 가장 순탄한 길이라는 것을 나는 하나하나 깨달아가고 있었다.

결국 이 중년의 남자도 실패를 두려워하며 피해 다니다가 부도를 당한 것이 아닌가. 질 좋은 실패를 겪었다면, 실패의 때를 알고 겪었다면 이 남자도 부도라는 벽 앞에서 대응할 견고한 벽을 쌓아두고 있었을 것이다. 성공에도 때가 있는 것처럼 실패에도 때가 있다. 다만 문제는 사람들은 성공의 때만 바라고 실패는 외면한다는 것이다. 하지만 나는 더 이상 실패를 두려워하지 않게 되었다. 그 중년의 남자를 바라보며 내 가슴은 조금씩 뛰고 있었고, 뛰는 가슴 위에 가만히 손을 얹었다. 그것은 희망의 언어였다.

나는 확신했다.
나는 달라지고 있다. 분명히 달라질 것이다.

 지금 당신이 해야 할 일은 톱을 미는 것이다

목재를 톱으로 켜는 작업이 있다. 우리는 톱을 밀고, 당기며 목재를 잘라낸다. 하지만 이 작업을 잘 살펴보면 톱을 당겨서 켤 때는 목재가 켜져서 작업이 진행되지만 밀 때는 에너지만 소모되고 작업상의 가치는 생기지 않는다. 지금 당신은 목재를 자르기 위해 톱을 밀 때다. 밀지 않고는 당길 수 없고, 결국 목재를 잘라낼 수 없다. 밀지 않고 당기는 것만 하려는 마음에서 성공은 멀어진다.

하지 못할 수백, 수천 가지의 이유가 있더라도 꼭 해야만 하는 한 가지 이유가 있다면, 그것이 무엇이든 이룰 수 있다. 자신의 현재를 불평하고, 그것을 성공하지 못하는 가장 큰 이유라고 변명만 하고 있다면 당신에게는 기대할 만한 것이 하나도 없다. 인생에는 터닝 포인트(Turning Point)라는 것이 반드시 존재한다. 때를 정확하게 아는 사람은 그 터닝 포인트를 적절하게 이용하여 승리를 거둔다. 하지만 때를 모르는 사람은 터닝 포인트의 순간이 와도 핑계만 대고, 자신이 그것을 하지 못하는 이유를 늘어놓는다. 그건 어리석은 일이다. 실패할 때는 실패를 해야 한다. 실패가 겁난다고 그것을 미루다가는 나중에 더욱 큰 실패를 하게 되어 다시는 일어서지 못할 타격을 입을 수도 있다.

세상에는 어떤 일에 임할 때 그 일의 부당성에 대해 설명하는 사람이 너무나 많다. 그것도 아주 논리적으로. 지금 당신이 반드시 해야 할 일인데 그것에 대한 부당성만 생각하고 때를 놓친다면 과연 누가 손해일까?

세상이 당신의 성공을 빼앗아 간다고 착각하지 마라. 지금 무엇을 해야 하는지 때를 모르는 당신 스스로가 세상에 성공을 빼앗기는 것이다. 그렇다면 누가 당신의 성공을 찾아주겠는가. 해답은 무엇을 해야 할지 때를 알고, 또 그것을 실천해나갈 당신 스스로에게 있다.

네 번째 흔적

—성공한 이는 실패에 빚지고 살아간다

다음날 아침, 나는 누구보다도 먼저 회사에 출근해 한 손에 계약서를 들고 나를 벼랑 끝까지 몰고 갔던 부장을 기다렸다.

"부장님, 출근하셨습니까?"

"어, 김 대리. 자네가 이렇게 빨리 출근한 걸 오랜만에 보는군. 설마, 계약이라도 성사한 건가?"

부장은 의심스런 눈빛으로 말했다. 하지만 나는 그 눈빛에 움츠려 들지 않고 조용하면서도 묵직한 목소리로 대답했다.

"네."

네, 라는 말에서 이렇게 큰 감동을 얻기는 태어나 처음이었다. 이 짧은 단어 하나로 이제 나는 회사에서 나름대로의 위치를 얻을 수 있게 되었고 부장에게 잃은 신임도 되찾을 수 있게 된 것이다. 하지만 그때였다.

"여기, 김근영 어디 있어! 사기꾼 어디 있냐고!"

건장한 남자 두 명이 사무실 안이 쩌렁쩌렁 울릴 정도로 큰 목소리로 내 이름을 불렀다. 나는 그 엄청난 소리와 사기꾼이라는 단어에 화들짝 놀라 서둘러 그들에게 다가갔다. 여기는 회사다. 잃었던 신임을 이제야 조금 얻게 됐는데 소란을 피운다면 정말 사표를 내야할지도 모른다. 이런 생각을 하자 마음은 더욱 급박해졌고 조용히 그들을 데리고 나가려 했다.

"누구신데 이렇게 회사까지 찾아와 행패를 부리십니까?"

"뭐라고? 행패? 어라, 당신이 김근영이야? 참 웃기는 양반일세. 빌려 쓴 돈도 갚지 못하는 주제에. 당신이 빌린 돈, 대체 언제 갚을 거야?"

예상은 했지만 그들은 역시 카드회사 직원이었다. 동생의 병원비로 엄청난 돈을 빌려 쓰는 바람에 나는 이자를 갚기도 버거운 상태였다. 마침 그들을 돌려보낼 만큼의 돈을 가지고 있었다. 하지만 그 돈은 동생의 이번 달

병원비로 지불하기 위해 어제 지급된 월급을 모두 뽑아 놓은 것이었다. 수술도 시켜주지 못하는 상황에서 이 돈마저 없다면 동생은 병원에서 쫓겨날지도 모른다.

나는 작은 목소리로 속삭이듯 말했다.

"자, 여기는 회사니까 나가서 조용히 얘기합시다."

대부분의 사람은 약자에게 강하고 강자에게 약하다. 그들 역시 내 작은 목소리에 더욱 강하게 나오려고 마음먹은 듯 더욱 큰 목소리로 말했다.

"아이고, 귀 간지러워라. 지금 속삭이는 거야? 이게 어디서! 돈 갚아. 갚으면 나가지 말래도 내 두 발로 잽싸게 나갈 테니까."

이쯤 되면 회사 직원 모두 지켜보고 있을 텐데 나를 도와주는 사람은 한 명도 없었다. 차마 돌아볼 용기가 없어 확인은 하지 못했지만 등 뒤로 직원들의 시선이 느껴졌다.

내 등은 무능한 놈이라는 글자가 꾹꾹 눌려 쓰인 것처럼 따가웠다. 하지만 카드회사 직원들은 그런 것에 아랑곳하지 않았다.

"당신, 어제 월급날이었잖아. 그럼 이자라도 내야 하는 거 아냐?"

그들은 용의주도하게도 내 월급날까지 파악하고 있었

다. 하지만 그건 절대 그들에게 줄 수 없었다. 내가 이 회사에서 잘리는 상황이 발생한다 할지라도 그것만은 절대…….

그때, 핸드폰으로 어머니의 전화가 걸려왔다.

상황이 상황인 만큼 받지 않으려고 종료 버튼을 누른 다는 게 그만 통화 버튼을 누르고 말았다. 그냥 배터리를 뽑아버리면 어머니는 걱정스런 마음에 회사로 전화를 걸 어오실 게 불 보듯 뻔했기에 어쩔 수 없이 핸드폰을 귀에 가져다댔다.

"근영아! 엄마다."

나는 급한 일이 있어서 끊어야겠다는 말을 하려 했다.

"네, 엄마. 저……."

어머니는 할 말이 있으신지 내 말은 듣지도 않고 자신의 말만 늘어놓았다.

"나연이 수술비는 어떻게… 구했니?"

전화통화를 하는 내 모습에 어이없다는 듯 희죽웃으며 그들은 내게 다시 소리치기 시작했다.

"월급이라도 내놓으라고, 어디서 전화하고 난리야!"

"근영아? 왜 이렇게 시끄럽니?"

나는 어머니에게 내 주위에서 일어나는 험한 이야기들이 들리지 않게 하기 위해 두 손으로 수화기를 감싸,

최대한 내 목소리만 들리도록 했다.

"아니에요, 어머니. 수술비는 지금 제가 알아보고 있어요. 급하면 대출을 좀 더 받을 수도 있고요."

그들은 빈정거리며 말했다.

"대출? 빌린 돈 이자도 못 갚는 주제에 대출이라고?"

"야! 뒤져봐!"

그들은 내 책상 주변을 뒤지더니 의자에 걸쳐 놓은 내 양복 안주머니에서 동생의 이번 달 병원비로 뽑아놓은 돈을 꺼내 들었다.

"우선 이거라도 가져간다. 얼른 나머지 돈도 해결하도록 해!"

나는 소리쳤다.

"그건 안 돼요. 그건 절대 안 돼요……."

"근영아, 무슨 일이니? 무슨 일 있는 거야?"

"어머니, 아무것도 아니에요……."

기어코 눈물이 흐르기 시작했다.

"근영아… 근영아……."

어머니는 계속 나를 부르셨다. 나는 핸드폰을 내려놓고 그들의 다리를 잡으며 말했다.

"그건 동생 병원비예요. 그것마저 없으면 동생은 병원에서 쫓겨나게 된다고요."

일곱 가지 성공의 흔적

그들은 코웃음을 치며 말했다.

"그건 우리가 알 바 아니잖아. 이거 안 놔?"

"제발… 제발… 그것만은…….."

내 울먹임은 어느새 울부짖음으로 변해갔다. 그들이 퍼붓는 발길질에 온몸을 맞으면서도 나는 그들을 놓지 않았다. 하지만 결국 그들은 나를 뿌리치며 그 돈을 가져 갔고 나는 멍하니 바닥을 바라보며 나도 모르게 중얼거 렸다.

"나연아… 나연아… 이 오빠가 정말 미안하다."

직원들의 시선은 안중에도 없었다. 그렇게 얼마 동안 주저앉아 눈물을 흘리고만 있을 뿐이었다. 그때, 나를 일 으킨 건 부장님의 싸늘한 목소리였다.

"김 대리, 당장 내 방으로 와."

나는 부장실로 들어가 회사에서 이런 일이 일어난 것 에 대해서의 책임을 묻는 질책과 다시 한 번 이런 일이 발생할 경우에는 사표를 내야 할지도 모른다는 마지막 통첩을 들었다.

계약을 성사시킨 후 잠시 편안했던 목이 다시 답답해 짐을 느끼며, 며칠 전 병원에 보관했던 강아지가 생각이 났다. 마취도 받지 못한 채 힘겹게 목에 묶인 줄을 끊는 수술을 마치고 간신히 목숨을 부지하고 있을 강아지. 순간, 이제 목은 다 나았을까, 하는 생각이 들었지만 곧 내 목을 만지며 나의 문제에 집중했다.

사무실에 들어가지 못하고 한 시간 정도를 계단에서 담배를 피며 한숨만 쉬어댔다.

회사에도, 동생에게도 나는 필요하지 않은 존재인가? 내 인생은 왜 이 모양인가. 어머니와 전화를 하다가 끊어 버린 생각이 나서 공중전화로 가서 어머니에게 전화를 걸었다.

"여보세요? 어머니, 저 근영이에요."

어머니 목소리는 예상과는 달리 평온했다.

"응, 근영아. 아까는 무슨 일 있었니?"

"아니에요. 회사에 항의하는 고객들이 찾아왔었어요. 그래서 좀 시끄러웠어요."

"그랬구나. 참, 근영아. 세상에… 이런 기쁜 일이 있니."

"네? 기쁜 일이라니요?"

어머니는 한껏 들뜬 목소리로 말했다.

"세상에… 나연이 수술비가 완불되었다고 하더구나."

"수술비가? 그럴 리가. 대체 누가 수술비를 낸 거예요?"

"글쎄, 병원에서는 어느 남자 분이 30분 전에 수술비를 계산하고 갔다는데, 누군지는 잘 모르겠구나."

그게 누굴까, 하는 생각을 잠시 하다가 수술비가 완료되었으니 이제 동생의 수술이 시행될 수 있겠구나 하는 기쁨에 말했다.

"그래서… 수술 날짜는 잡았어요?"

"수술은 5일 후로 결정 났단다. 수술비를 내주신 분이 누군지 모르겠지만 이렇게 감사할 일이 또 있겠니."

마음속에 지워지지 않는 문신처럼 동생의 수술비를 구할 수 없음을 고통으로 느끼고 있었는데 이 소식은 하늘이 무너져도 행복하게 죽음을 맞이할 수 있을 것만 같은 행복한 소식이었다. 하지만 대체 누가 수술비를 냈는지는 도무지 알 수 없는 노릇이었다.

수술이 결정되니 그동안 아파했던 동생의 모습이 파노라마처럼 흘러갔다.

후각중추에 있는 신경이 마비가 되어 그 좋아하던 빵을 먹으면서도 구린내가 난다며 울먹이던 동생, 이렇게 살 바엔 차라리 죽고 싶다고 애원하던 동생. 그런 동생을 바라보며 나는 그저 미안하다는 말밖에 할 수 없었다. 두 손으로 얼굴을 가렸지만 기어이 눈물은 손가락 사이로 흘러나와 삼키고 또 삼켰던 그 고통의 순간이, 하나의 풍경화처럼 선명한 기억이 내 머릿속을 스치고 지나갔다.

하지만 이젠 동생의 수술 날짜가 잡혔기에 나는 마음을 다잡을 수 있었다. 물론 카드회사 직원들 때문에 회사에서 나의 존재가 우습게 되어 버렸지만 동생을 생각하면 이런 것쯤이야 별것 아니었다.

내 머릿속이 다시 헝클어지기 시작한 건 실장님이 나에게 복사를 부탁한 오후였다.

"김 대리, 내가 지금 바쁘게 회의에 들어가 봐야 하니 내 책상에 있는 서류들을 20부만 복사해서 가져다 주게."

나는 평소처럼 그 서류를 선뜻 복사할 수 없었다. 평소에도 실장은 나에게 복사를 자주 부탁했지만 그 서류의 내용은 완전히 정해진 내용이 아니었기에 서둘러 복사할 필요가 없었다.

실장은 항상 그런 미완성의 서류를 나에게 복사할 것을 주문했고 그동안 나는 말없이 그 서류를 복사하고 수정본이 나오면 다시 또 복사하고, 그런 비효율적인 일을 반복하곤 했었다. 하지만 어젯밤 들은 회장님의 효율성의 법칙이 생각났기 때문에 나는 그 서류를 들고 주저하고 있었다.

'분명히 내용이 수정되어 다시 복사를 해야 할 텐데…

내가 지금 이걸 해야 하는 걸까.'

하지만 사실 효율성의 법칙보다 상사인 실장이 시킨 일을 하지 않으면 어떻게 될까, 하는 고민의 시간이 더 길었다. 효율성인가, 수직관계에서의 복종인가. 이 문제에서 선택을 내리는 시간은 그리 길지 않았다. 역시 복종이었다. 분명 옳지 않고 비효율적인 행동이었지만 실장에게 뭐라고 주장할 용기가 나지 않았다.

나는 힘없이 한숨을 쉬며 서류들을 복사하기 시작했다. 맞은편 거울에 비친 내 모습, 이 의미 없는 일에 임하고 있는 내 모습을 보니 저절로 고개가 푹 숙여졌다. 누구라도 이런 일에 처하게 되면 나와 다르지 않을 것이라고 스스로를 위로했다. 하지만 내 스스로에게 실망을 한 것은 이것만이 아니었다. 얼마 전부터 새로운 프로젝트가 시작되어 12시까지의 야근이 계속 이어지고 있었다. 물론 그 프로젝트가 너무나 어려운 일이라서 자정까지 직원들이 회사에 남아 있던 것이 아니다. 퇴근 시간까지 충분히 마칠 수 있는 일임에도 불구하고 새로운 프로젝트가 생기는 시기엔 급한 일이 있든 일을 다 마쳤든 상관없이 절대로 퇴근할 수 없는 분위기가 만들어졌다.

가벼운 엉덩이를 무거운 척 의자에 숨겨두고 서로 상사의 눈치를 보다가 자정이 돼서야 아쉬운 듯한 얼굴로 퇴근을 할 수 있었다. 나도 그 불합리한, 효율성 제로의 일에서 예외는 아니었다. 아마도 나를 비롯한 직원들은 가벼운 엉덩이를 들고 일어나서 자신의 일을 모두 마쳤으니 이제 퇴근하겠습니다, 라고 외치는 상상을 하고 있을 것이다. 그렇게 사장과 회장에게 얻은 교훈들은 야근에서 생긴 소화불량과 위경련 때문에 먹은 위장약과 함께 위장에서 말끔하게 소화되고 있었다.

예전처럼 시간을 팔며 그렇게 3일을 흘려 보냈다. 나는 늘 그렇듯이 차를 몰고 집으로 가고 있었다. 멀리 전광판에선 원유가 사상 최고로 오르고 있다는 자막이 파도처럼 거대하게 떠오르고 있었다.

문득 바라본 거리엔 군고구마 장수가 사람들과 추위 틈에 끼어 '군고구마 4개 2천 원'이라는 문구를 휘날리며 고구마를 팔고 있었다. 그렇게 전광판과 군고구마 4개 2천 원, 이라는 문구가 내 시신경에 콕 박혔다. 순간, '이게 아닌데. 이게 아닌데' 하는 생각이 머리에 스쳤다.

연신 고개를 끄덕이며 긍정적으로 머릿속에 집어넣었던 회장과 사장의 말들, 그리고 꼭 잊지 말라고 당부하던 회장의 모습이 수면으로 해가 떠오르듯 생생하게 눈앞에

펼쳐졌다. 그것은 내 현실을 가혹하도록 채찍질했다. 어지러움마저 느껴질 정도로. 나는 그 길로 차를 돌려 사장에게 찾아갔다.

"사장님, 저 왔습니다."

비서의 안내를 받고 사장실로 들어갔다.

"오, 자네 왔군. 그래, 그때 계약 이후로 연락이 한 번도 없더니… 잘 지내고 있었나?"

화장실 가는 얼굴과 나온 얼굴이 다르다고 했던가. 계약서에 도장을 찍은 이후 나는 사장에게 연락을 한 번도 하지 않았다. 나는 겸연쩍은 얼굴로 말했다.

"죄송합니다."

더 할 말이 있을 리 없었다.

"됐네, 사는 게 다 그렇지 뭘. 그나저나 자네처럼 내 방에 이렇게 불쑥 들어오는 사람도 없을 거야. 내 비서도 이렇게 자유롭게 내 방을 출입하진 못하네. 하하하."

나는 머리를 긁적이며 머쓱한 표정을 지어 보였다.

"아무 연락도 없이 불쑥 찾아와서 내 방에 들어오는 사람은 자네 하나뿐이네. 알고 있나? 이것이 바로 인맥이야."

"인맥⋯⋯."

"사람이 사람을 안다는 건 상대방이 아무리 보잘것없다 해도 예측할 수 없는 이익을 가져다주지. 사람의 마음이 언제 변할지 모르듯 그 사람의 미래도 어떻게 변할지 아무도 모르는 거야. 자네가 나를 알 수 없었다면 계약은커녕 지금 이렇게 내 앞에 앉아 있을 수도 없을 것 아닌가. 아무튼 그건 나중에 얘기하도록 하고. 무슨 일로 이 늦은 시간에 찾아온 건가? 혹시 실행에 대한 문제 때문인가?"

나는 당황하여 눈을 동그랗게 뜨고 말했다.

"아니, 그걸 어떻게 아셨습니까?"

사장은 이미 예상했다는 듯 작게 웃으며 말했다.

"당연히 알고 있지. 나 역시 한때 겪었던 문제였으니⋯⋯."

"사장님도 저처럼 실행을 하지 못해 어려움을 겪으셨군요."

"그럼. 그건 누구나 마찬가지일 거야. 하지만 그걸 깨닫고 고치려는 사람은 많지 않지. 자네는 그 문제를 고치기 위해 이렇게 나를 찾아왔으니 그나마 나은 것 아니겠나. 자네의 그 점은 높이 살 만하군."

누구라도 그렇듯 어떤 상황이 벌어졌을 때 그 일이 나

혼자만이 아닌 다른 사람에게도 일어나는 일이라면 큰 아픔 없이 위안을 받을 수 있다. 사장 역시 나와 같은 어려움을 겪었다는 말에 위로를 받았다.

하지만 여기서 끝내고 싶지 않았다. 더 많은 것을 알고 싶은 마음에 사장에게 물었다.

"실행을 어떻게 하면 제대로 할 수 있는 건지 전, 잘 모르겠습니다."

"그래, 그건 어려운 문제지. 세상은 나 혼자만 사는 게 아니니까. 이 세상에 성공한 많은 사람의 공통점이 뭔 줄 아나? 그건 바로 이 모든 것을 견디고 실행에 집중했다는 것이지."

"실행에 집중하라. 언제나 멋진 말은 듣기 좋지만, 정작 실생활에서 어떻게 적용해야 할지 모르겠습니다."

"자네, 청개구리 이야기를 알고 있나?"

"시키는 일을 반대로 실행하는 개구리 이야기를 말씀하시는 겁니까?"

"그렇지. 그 이야기에 실행에 대한 모든 것이 들어 있네. 그 청개구리는 시키는 일을 반대로 하지. 하지만 어떻게 됐든 반드시 실행은 한다는 게 중요한 것이네. 움직이지 않고 여기가 좋을까, 저기가 좋을까 고민만 하다가 태어난 그 자리에서 조금도 움직이지 못하고 죽는 것보다는 훨씬 낫다는 말이지."

나는 사장의 말에 반박하며 물었다.

"하지만 그 실행이라는 게 옳은 방향으로 가야하는 것 아닐까요? 청개구리는 항상 반대로만 움직였습니다. 그렇다면 움직이나 마나의 결과가 나올 게 뻔한 것 아닙니까?"

사장은 고개를 저으며 말했다.

"청개구리가 반대로만 움직인다고 항상 옳지 않고 나쁜 길로만 가는 것은 아니야. 시키는 사람의 말이 항상 옳은 것은 아니니까. 그렇다면 실행을 하지 않고 고민에만 빠져 있는 개구리보다 차라리 시키는 일에 반대로 임하는 청개구리가 더 성공할 확률이 높지 않겠나?"

"그 말씀은 움직이라는 의미군요."

"그래, 생각이 많아지면 몸이 움직이지 않은 법이지. 그러니 생각은 그만두고 일단 실행에 집중하라는 말일세."

갑자기 사장이 내 옷매무새를 살피더니 입을 열었다.

"자네, 자가용 타고 다니나?"

"어떻게 그걸……."

일곱 가지 성공의 흔적

"자네 회사가 여기서 그리 가깝지 않은데, 이 붐비는 시간에 버스나 지하철을 타고 왔다면 자네의 옷이 그렇게 반듯한 모양을 할 수 없었겠지."

사장의 예리한 관찰력에 놀라워하고 있는데 사장이 다시 입을 열었다.

"자넨 회장님이 말씀하신 일을 지키는 게 하나도 없군."

"네?"

"자네가 차를 모는 게 효율적이라고 생각하나? 요즘 기름 값도 사상 최고로 오르고 있는데 과연 영업사원도 아닌 자네가 굳이 차를 가지고 다닐 필요가 있는 건가?"

이미 알고 있었다. 나는 회장의 말을 가슴 깊이 받아들였지만 실생활에서 제대로 실행하지 못하고 있었다.

"그렇게 아무것도 하지 않고 현실에 안주하려면 차라리 실패하는 청개구리가 되게."

사장은 유언 같은 한마디를 한 후 한동안 생각에 잠겨 있더니 다시 입을 열었다.

"고백하게."

뜬금없이 고백하라는 사장의 말에 나는 무슨 말을 해야 할지 몰라 당황하고 있었다.

"네? 뭘 고백하라는 말씀이신지……."

"고백하다 이론을 자네에게 설명해야겠군."

"고백하다 이론이라, 대체 그건 뭐죠?"

사장은 창 쪽으로 다가가더니 창문을 활짝 열며 말했다.

"고백하다 이론이란, 내가 조금 전에 말한 청개구리 이론의 상위단계네. 고백하다, 라는 건 어떤 사실을 고백하라는 것이 아니고 go back 하다, 라는 뜻일세."

"go back 하다… 대체 그건 어떤 이론이죠?"

"go는 앞으로 간다는 의미지. 그리고 back은 앞으로 간 길을 다시 뒤돌아 오는 것이고. 이해하겠나?"

나는 눈을 껌벅이며 말했다.

"이해는 하지요. 그저 영어 단어의 해석 아닙니까?"

"그래, 그렇지. 하지만 그것을 실생활에 이용하면 영어 단어의 범주에서 벗어나 성공의 길에 이를 수 있는 하나의 방법을 알려주지. 이를테면 가장 가까운 성공의 지름길을 발견한다고 하면 적당하겠군."

"성공의 지름길이라, 그것이 고백하다 이론에 있는 건가요?"

"그래, 청개구리는 가만히 있지 않지. 항상 앞으로 간다는 의미야. 비록 그 방향이 옳은 방향인지 옳지 않은 방향인지는 알 수 없지만 지금 가장 중요한 것은 앞으로 간다는 거야. 하지만 청개구리는 뒤로 걷지 못하지. 그래서 back을 실행할 수 없어. 하지만 인간은 상위동물이니 앞으로도 뒤로도 걸을 수 있지."

사장은 탁자 위에 놓여 있던 물을 한 모금 마시더니 다시 입을 열었다.

"요점은 청개구리처럼 앞으로 가라는 거야. 그리고 앞으로 간 길이 적당한 길이 아니면 온몸으로 실패를 경험한 후 다시 뒤로 돌아와 다른 길을 찾아 앞으로 가는 거지."

"사장님의 말씀은 고백하다 이론으로 실패를 경험한 후에 그 길을 충고삼아 성공의 길에 이르라는 것이군요. 하지만 그건 너무 위험해 보입니다."

"물론 위험하다고 생각할 수 있어. 대부분의 사람은 실패를 두려워하니까. 자네 또한 마찬가지겠지? 실패를 해보지 않았기 때문에 실패가 두려운 거야. 실패를 해 볼수록 성공의 길이 더 훤히 보이네. 그건 마치 하나의 하얀색 공과 아홉 개의 파란색 공이 검은색 상자에 들어 있는데 비록 하얀색 공을 뽑지 못하고 검은색 공만 뽑게 되도 공을 뽑으면 뽑을수록 하얀색 공을 뽑을 확률이 높아진다는 것을 의미하지. 실패할수록 성공할 확률이 높아진다는 뜻이야."

　나는 며칠 전에 회장이 이야기해 준 누구나 자신만의 바구니 속에 성공의 공을 가지고 있다, 라는 말과 사장의 실패할수록 성공할 확률이 높아진다는 말을 되뇌며 뭔가 이상하다는 생각이 들었다.

　"사장님은 고백하다 이론을 실행하면 성공의 지름길에 이를 거라 하셨는데, 제가 보기엔 그건 지름길이 아니라 돌아가는 길 같습니다."

　"물론 그냥 보기엔 빠른 길이 아닐 수도 있어. 자네는 복권에라도 당첨되는 것이 지름길이라고 생각하는 것 같군."

　"네? 꼭 그런 건 아니지만. 빠른 지름길이라면 그 정도의 속도는 내야 하는 건 아닐지……."

　"복권에 당첨된 사람들을 만나봤나? 제대로 살고 있는 사람이 거의 없을 정도네. 그건 갑자기 찾아온 성공에 미처 준비를 하지 못했기 때문이지. 행운을 자신의 몸에 가두지 못하고 끌려다니면 제대로 된 행복을 누릴 수 없네. 하지만 내가 알려준 대로 고백하다 이론을 실행한다면 수많은 실패를 경험하고 그 경험에서 얻어진 것들을 곱씹으며 청개구리 이론을 접목시켜 옳지 않았던 것들은 반대로 생각하면 되는 거야. 그렇게 준비를 한 상태에서 성공을 하면 어떨까? 대책 없는 삶에 버거워하며 끌려다니지는 않을 걸세. 즉 내가 자네에게 알려준 길은 표면상으론 너무 늦은 길인 것처럼 보일 수 있지만 실상으로 들어가 보면 세상에서 가장 완벽하게 빠른 길이 될 수 있지."

사장은 입이 마른 듯 침을 삼키곤 다시 말을 이었다.

"명심하게. 자네의 첫 번째 도전은 실패를 이기는 것이라는 것을. 그리고 두 번째 도전은 첫 번째 도전을 절대 잊지 않는 것. 세 번째 도전은 매일 도전을 해야 한다는 것일세. 성공의 지름길은 자네가 도전을 통해 겪은 실패의 지도 위에 있다네."

나는 고개를 계속해서 끄덕일 수밖에 없었다. 사장의 말 한마디 한마디가 가슴에 깊이 새겨졌다.

"모든 일을 이루기 전에 필요한 것은 바로 그것을 이룬 사람들의 경험이지. 하지만 경험은 그것을 필요로 하기 전까지는 가질 수 없다는 것이 문제야. 그래서 성공할 수 있는 방법이 없다는 판단이 되면 그 누구보다 가장 먼저 실패의 경험을 가지는 게 중요하다네. 명심하게. 지름길은 지도에나 나와 있는 헛것임을. 내가 성공이라는 '적'을 이길 수 있는 이유는 적에게 있고 적이 나를 이길 수 있는 이유는 나에게 있지. 그것이 실패를 해보아야 하는 중요한 이유네."

나도 모르게 탄식이 나왔다.

"아… 그 말씀은."

"그래, 내가 적을 이길 수 있는 이유는, 즉 적의 약점은 적에게 있다는 것이지. 물론 적이 나를 이길 수 있는 나의 약점도 나에게 존재하는 것이고. 그리고 우리 대화에서 적은 성공이라는 놈으로 생각할 수 있겠지."

"하지만 적의 약점을 어떻게 발견할 수 있을까요? 그게 가장 어려운 것 같은데."

"자네, 회사에서 어떤 프로젝트를 위해서 전략회의를 하고 좀 더 기발한 전략을 만들기 위해 노력한 적 있나?"

당연했다. 나는 고개를 끄덕이며 말했다.

"물론 지난 5년간 회사를 다니면서 전략회의를 하고 기획을 구상하는 건 셀 수 없이 했습니다."

"그럼 자네는 전략회의를 할 때 무엇을 참고하나?"

"음… 비슷한 사례의 지난 기록들을 참고합니다. 백 번의 회의보다 역시 전략수립에 가장 좋은 도움을 줄 수 있는 것은 지난 사례가 아니겠습니까."

"바로 그거네. 자네가 지난 사례를 들춰보는 건 과거의 좋지 않았던 점이나 실패의 순간을 기억하며 다시는 그런 순간을 만들지 않겠다는 뜻 아닌가. 성공이라는 적에게 이기는 방법도 전략회의와 다르지 않아. 성공에게 맞서며 실패했던 과거를 떠올리며 나의 잘못과 내가 실패할 수밖에 없었던 이유를 찾아내는 거지. 결국 우리는 실패에 빚지고 살아가는 것과 마찬가지야."

"저는 그 말씀이 도무지 이해가 되지 않습니다. 실패에 빚을 진다니 그게 무슨 말씀이십니까?"

"잘 들어보게. 과거 미국과 영국의 광부들은 갱내에 차 있을지도 모를 무색무취의 유독가스의 유무를 효과적인 방법을 통해 확인하곤 했지. 그게 무슨 방법인 줄 아나?"

나는 곰곰이 생각을 해보았지만 답을 찾지 못했다.

"그게 무엇인가요? 그 시절에 무슨 과학 장비가 있었을 리도 없고……"

"하하. 그렇지. 그땐 과학이 지금처럼 발달해 있지 않았으니까. 답은 바로 카나리아라네."

"네? 카나리아 새를 말씀하시는 건가요?"

"그렇네. 갱내로 들어서는 광부의 손에는 늘 새장이 들려 있었지. 새장 안에는 조그마한 카나리아가 들어 있었고. 카나리아가 노래를 멈추거나, 갑자기 비틀거리면 광부들은 갱내에 유독가스가 있음을 판단하고 서둘러 후

퇴했다네. 카나리아는 유독가스에 민감하게 반응하기 때문에 사람들보다 먼저 위험을 감지할 수 있지. 갱내의 유독가스는 육안이나 육감으로 감지될 수 없으니 그 고통을 카나리아가 생명을 담보로 모두 책임지고 있는 셈이지."

나는 지금껏 사장과 나눈 이야기와 카나리아의 이야기와 전혀 연관성이 없는 것만 같았다.

"그래서 그게 실패에 빚지고 산다는 것과 무슨 상관입니까?"

"허허. 자네, 성격이 참 급하군. 잘 들어보게. 실패 역시 카나리아와 마찬가지라는 걸세. 실패는 성공으로 가는 길에서 어딘지에 있을지 모를 성공의 방해 요소를 알아차리고 돌아오는 카나리아와 같은 것이라고 할 수 있지. 자네는 실패의 길로 들어서지 않고 또 다른 길로 성공을 향해 걸어가면 되는 거야. 물론 그 길엔 갱내로 보내 위험을 미리 알아차리는 카나리아처럼 자네보다 앞서 실패를 보내야겠지. 결국 모든 실패가 자신을 성공으로 인도하는 것 아니겠는가. 이제 이해가 되나?"

"아… 결국 저보다 앞서 나갔던 수많은 실패가 제 성공을 위해 죽어갈 때 저는 실패에게 빚졌음을 알아야 한다는 말씀이군요. 듣고 보니 정말 맞는 말씀입니다."

사장은 고개를 끄덕이더니 한참 동안 무언가를 생각하는 듯했다.

"하지만……."

"네? 더 하실 말씀이 있으십니까?"

"하지만 그게 전부는 아닐세."

사장은 한동안 생각에 잠기더니 가까운 음반가게로 나를 데려갔다.

버려진 쓰레기 더미에도 꽃은 피어난다

폐기물은 사람이 만든 교만한 단어이다. 쓰다가 못쓴다고 폐기물이라고 이름을 정하고, 그것을 더 이상 사용하지 않는 것은 교만한 생각이다. 경제적으로 돈벌이가 안 되니 버린 것 뿐이지, 사실 경제성만 올려주면 폐기물은 더 이상 폐기물이란 단어를 달고 다니지 않을 것이다.

실패 또한 그렇다. 실패를 앞으로 어떻게 생각하고, 사용해야 할지를 생각하면 성공이라는 전혀 다른 소스로 사용할 수 있다. 그러므로 실패 역시 인간이 만들어낸 교만한 단어이다. 자신의 실패에서 무언가를 얻을 수 없다고 생각이 되면 그것은 폐기물과 다름없는 것이 되어버린다. 하지만 아주 작은 것이라도 얻을 수 있는 것이 있다면 그것은 실패 이상의 그 무엇을 지니고 있는 소중한 경험이 될 수 있다.

그러므로 실패는 성공과 다르지 않다. 보통 우리는 어떻게 이길 것인가를 집중적으로 고민하지만 우리가 살면서 이기는 것보다 더욱 중요한 것은 '어떻게 질 것인가' 라는 것이다.

버려진 쓰레기 더미에도 꽃은 피어난다. 당신이 겪은 실패의 경험과 반복이 결국 당신 인생의 꽃으로 피어날 것임은 분명한 사실이다.

　이미 일어난 일이기에 과거의 실패를 성공으로 바꿀 수는 없다. 그러나 과거의 실패에 대한 태도는 바꿀 수 있다. 이것이 실패 해석의 힘이다. 새로운 해석은 과거의 실패를 현재 성공으로의 초석으로 만들어준다. 당신이 예상치 못한 실패를 했을 때 그것을 부정적으로 받아들이지 않고 변화를 위한 필요로 받아들인다면, 오히려 그것을 통해 배울 것이 많을 것이다. 하지만 그저 예상하지 못했던 악재라고 생각한다면 당신은 그것 때문에 내내 괴로움을 느낄 것이다. 이것이 실패를 이용하는 자와 그렇지 못한 자의 감당할 수 없는 '차이'이다.

다섯 번째 흔적

—한 번 기회가 왔을 때 잡지 못하는 사람에겐 열 번 기회가 와도 마찬가지다

"무슨 이유로 이곳에 오신 겁니까?"

"자, 이걸 써보게."

사장은 헤드폰을 끼워주며 음반가게에 샘플로 진열된 음악을 들려줬다. 나는 영문을 알 수 없었으나 사장이 시키는 대로 그 음악을 감상했다. 잠시 후 헤드폰을 벗으며 사장에게 이유를 물었다.

"이 음악이 성공과 무슨 관계라도 있는 건가요?"

"관계가 있진 않지. 하지만……."

"하지만, 뭔가요?"

"이 음악을 들은 소감이 어떤가?"

"느린 곡이라서 귀에 쏙 들어오는 게 감상하기 좋은 곡 같습니다."

"그렇지. 음악이 귀에 아주 잘 들어오지. 아마 4분 음표가 많이 들어간 음악이라 그럴 거야. 그럼 이번엔 이 곡을 들어보게."

사장은 이번엔 다른 음반을 권하며 내 귀에 다시 헤드폰을 끼어주었다. 좀 전과 마찬가지로 한 곡을 모두 듣고 다시 헤드폰을 벗으며 사장에게 말했다.

"이번 음악은 전에 들었던 것보다 빠르네요."

"그래. 이 음악은 훨씬 빠르지. 어떤가? 좀 전의 곡처럼 음악이 귀에 잘 들어오나?"

"음악의 전체적인 흐름을 알겠지만 쉽게 그 흐름에 빠져들지는 못하겠습니다. 워낙 빠른 음악이라……."

"아까 들은 음악은 주음표가 4분 음표였지만 이번에 들은 음악은 16분 음표가 주를 이루기 때문에 귀에 선율을 담기 전에 그냥 흘러가 버리지. 내가 알려주고자 하는 내용은 바로 이거네."

사장을 이해할 수 없는 말을 하며 음반가게 밖으로 걸음을 옮기고 있었고 나는 사장과 보조를 맞춰 걸으며 물었다.

"바로 이거라니요? 성공과 음반이 무슨 관계가 있다

는 건가요?"

"보통 인생에는 세 번의 기회가 찾아온다고 하지. 하지만 그 횟수는 자신의 노력 여하에 따라서 늘어날 수도, 반대로 줄어들 수도 있어. 하지만 아무리 그 기회가 늘어난다고 해도 아침마다 배달되는 신문처럼 매일 오는 게 아니지 않겠나?"

나는 고개를 끄덕이며 말했다.

"그렇죠. 늘 오는 게 기회라면 그것을 기회라고 부르지도 않겠죠."

"맞아. 기회는 자주 오지 않아. 그리고 아주 빠른 속도로 오지. 그리고 멈추지 않아. 현관 앞으로 배달된 신문은 누군가가 자신을 가져갈 때까지 그 자리에서 기다리지만, 기회라는 건 아주 빠른 속도로 자네 주위를 스쳐가고 절대 멈춰서 자네를 기다려 주지 않는다는 거야. 기회라는 것은 마치 16분 음표처럼 빠른 속도로 인간에게 돌진하고 사라지지. 물론 가장 중요한 건 성공을 위한 노력의 흔적이야. 그 노력을 허사로 만들지 않기 위해선 16분 음표 같은 기회를 잡을 수 있는 빠른 손을 가져야 하네."

"빠른 손이라……."

"금방 이해가 되지 않나 보군. 야구 선수가 운동을 잘

하기 위해서 웨이트 트레이닝만 하면 되겠나? 물론 체력은 아주 좋아지겠지. 하지만 실전에 투입되게 되면 체력보다 더 중요한 것은 공을 맞출 수 있는 눈의 속도 아니겠나. 공이 투수의 손에서 떠나 타자에게 오는 0.4초의 시간 동안 타자는 공의 속도에 익숙해지도록 많은 연습을 해야 하지. 공을 맞추기 위해 공과 같은 속도로 눈을 움직여야 한다는 거야. 중요한 건 이거야. 성공에 이르기 위해 우리는 기회를 잡아야 하고 그 기회를 잡기 위해 기회의 그 빠른 속도를 감지할 능력을 가져야 한다는 것이지.”

“아, 사장님의 말씀은 16분 음표의 음악을 들으려면 16분 음표의 속도로 들어야 하고 0.4초 안에 나에게 돌진하는 공을 치기 위해선 같은 속도로 움직여야 한다는 것, 즉 기회를 잡기 위해선 기회와 같은 속도로 움직여야 한다는 것이군요.”

“맞네, 잘 이해했군. 성공이라는 건 내가 원하는 곳에 있지 않고, 자네 역시 성공이 원하는 곳에 위치하고 있지 않는다는 말이지.”

“하지만 그 속도를 어떻게 하면 가질 수 있을까요? 운동선수처럼 공을 치는 사람이라면 연습이라도 하겠고, 작곡가라면 음악의 빠른 속도를 잡을 수 있도록 많이 들

어보기라도 하겠지만, 전 그저 성공을 좇는 사람일뿐인
데……."

"한 번 기회를 놓친 사람은 열 번 똑같은 기회가 와도
마찬가지로 그 기회를 잡지 못한다네. 물론 사람들은 그
기회를 놓치며 '정말 아깝게 놓쳤어. 좀 더 잘할 수 있었
는데' 라고 말하며 현실을 부정하고 자신을 방어하지. 그
런 사람들은 기회가 아무리 많이 와도 그들의 말처럼 계
속 아깝게 그 기회를 놓치고 말 거야. 자네가 그렇게 되
지 않기 위해서 필요한 것은 바로 '믿을 수 없는 것을 믿
는 것' 이네."

"믿을 수 없는 것을 믿는 것이 그 방법인가요?"
"기회를 잡는 방법 중 가장 근본이 되는 것이네."
"하지만 믿을 수 있는 것들에게도 배신당하는 마당에
어떻게 믿을 수 없는 것들을 믿을 수 있겠습니까?"
"하하하. 그러니까 더더욱 믿을 수 없는 것들을 믿으
라는 거 아니겠나. 믿을 수 없는 것들은 믿을 수 있는 것
들보다 더 많은 이익을 자네에게 줄 것이네."
나는 입술 한쪽을 깨물며 생각을 했지만 도통 사장의
말을 이해할 수 없었다. 아니, 사장의 말은 누가 들어도

이해되지 않을 내용이었다. 그런 나의 표정을 알아챘는지 사장은 미소를 지으며 말했다.

"자네, 내 말을 믿지 못하는 표정이군. 그렇군. 내가 말한 믿을 수 없는 것들을 믿어라, 라는 말조차도 자네에게는 믿을 수 없는 것이겠군. 하하하. 지금부터 내가 말하는 믿을 수 없는 것을 믿으라는 것은 지금 당장 하라는 것이 아닐세. 자네가 노력을 해서 성공의 기초를 닦아놓고 성공의 준비를 차근차근 마친 다음에 실행해야 순서가 맞는다는 걸 기억하며 듣게. 준비도 없이 성공만을 원하는 건 좋지 않을 일이라는 건 아까도 설명했으니 굳이 더 말할 필요가 없겠지?"

"네. 그 부분은 저도 이제 알고 있습니다. 다만 믿을 수 없는 것들을 믿으라는 사장님의 말씀을 듣고 싶습니다."

사장은 뒷짐을 지며 말을 하기 시작했다.

"기회는 16분 음표처럼 빠르게 온다고 했지. 그래서 잡기 힘들다고 했고. 그럼 누구나 다 알 수 있는 아이템이나 보증수표로 불리는 것들은 이미 기회의 범주에서 벗어난 것들이라고 생각하면 되네. 예를 들면 같은 금액을 가진 두 사람이 사업을 시작했다고 가정해 보지. 한 사람은 지금 한창 인기 좋은 사업을 창업했고 다른 한 사람은 지금 활황이 아닌 사업을 선택했어. 누가 더 많은 돈을 벌 수 있을까? 물론 전자를 택한 사람은 망하지는 않을 거야. 하지만 많은 돈을 벌수는 없겠지. 반면 후자를 택한 사람은 자신의 능력에 따라 많은 돈을 손에 쥘 수 있네."

나는 이상하다는 얼굴로 사장에게 물었다.

"누구나 하는 사업이 가장 대중적이고 안전한 사업이 아닙니까? 굳이 모험을 선택했다가 망하면 더 큰 실패를 맛보게 되지 않을까요?"

"내가 말한 것이 모험이라고 생각하나? 그건 절대 모험이 아니네. 내가 예전에 기회를 잡는 순서는 내가 알려주는 일곱 가지 성공의 기초를 닦은 후라고 하질 않았나? 열 번의 기회가 찾아와도 한 번도 잡지 못하는 사람이 아니라, 단 한 번의 기회가 찾아와도 잡을 수 있을 만큼 성공의 기초가 준비된다면 그 능력이 자네의 모험을 안전한 길로 만들어줄 거네."

사장은 계속 말을 이었다.

"그리고 믿을 수 없는 것들은 사람들에게 무한한 힘을 주게 마련이야. 누구나 안전하다고 말하는 사업이나 일을 할 때는 자신의 전력을 다해 그 일에 임하지 않게 돼. 하지만 누구나 힘들지 않겠냐며 고개를 젓는 일에 임하는 사람들의 몸짓은 거의 미친 사람과도 같지."

나는 사장의 말에 고개를 끄덕이며 대답했다.

"가능성이 없는 일이지만 그 일에 철저한 분석을 거친 후 확신을 갖고 임하면 더 열심히 일하게 된다는 말씀이시군요."

"그래, 어떤 일에 미친 듯이 임하기란 쉬운 일이 아니지. 하지만 믿을 수 없는 것들은 사람을 자연스레 그 일에 미칠 수 있게 만들어주네. 미치지 않고 이룰 수 있는 일은 세상에 존재하지 않아."

사장의 말을 들으니 나의 고등학교 시절이 떠올랐다. 1학년 때 나의 음악적인 재능을 알아챈 선생님이 악기를 연주해 보지 않겠냐며 한동안 음대에 갈 것을 권유했다. 하지만 나의 어머니는 지독히도 현실적이고 보이는 것만을 믿는 분이셨기에 음대에 가고 싶다던 나의 뜻을 버리게 만드셨고 나는 어머니의 뜻대로 다른 학과의 대학에 입학하게 되었다. 우수한 성적을 받고 졸업하던 날 어머니는 기쁨에 눈물까지 보이셨다. 하지만 그 우수한 성적으로 내가 얻은 것은 5년차 회사원, 한마디 더 붙이자면 지독히 무능한……. 결국 나는 믿을 수 없는 것을 믿지 못하고 믿을 수 있는 것에 인생을 걸다가 이 꼴이

된 것이다.

그 시절, 나는 완전히 미쳐 버리거나 조금 더 미쳤어야 했다.

옛 기억에서 빠져나오며 사장의 미쳐야 이룰 수 있다는 말에 절대적으로 동감을 했지만 아직은 뭔가 석연찮았다.

"알겠습니다. 하지만 제가 아무리 노력해도 사업이란 많은 사람이 나를 따라줘야 하는 것인데 믿을 수 없는 일에 사람들이 저를 믿고 따라줄까요?"

"모두 비슷하게 생각할 때에는 아무도 깊이 생각하지 않는다, 라는 말을 알고 있나?"

나는 고개를 저으며 말했다.

"잘 이해가 되지 않습니다."

사장은 일어서더니 손동작을 하며 말을 했다.

"특정한 목적 없이 그저 즐기기 위한 파티를 하고 있다고 생각해 보게. 목적 없이 파티를 한다는 건 그저 사람들끼리 이야기하고 술 한 잔하며 즐기려는 것이기 때문에 굳이 사회자나 분위기를 돋울 사람이 필요하지 않지. 그런 것들이 없어도 충분히 파티는 즐거울 테니까 말이야. 그래서 모두 비슷하게 행복한 순간인 그때엔 아무도 깊이 생각하지 않게 되지. 하지만 아무 생각 없이 그저 시간에 끌려가는 그 파티 장에서 누군가 많은 생각과 계획을 한 후에 대중 앞으로 나와 그 파티를 이끌어간다면 어떨까?"

"그럼 그 사람은 파티 장에서 스타가 되겠죠. 많은 사람의 열렬한 지지를 받는……."

사장은 엄지와 검지를 튕겨 경쾌하게 딱, 하는 소리를 내며 말했다.

"바로 그걸세. 사람들은 확실한 준비를 하고 대중 앞에 서는 사람을 따르게 돼 있지. 누구에게나 누군가에게 자신을 의지하고 싶어 하는 그 마음을 이용하면 믿을 수 없을 것들을 믿게 할 수 있는 방법이 나오지. 하지만 반드시 완벽한 준비 아래에 이런 결과가 나오는 것이라는 것을 명심해야 해."

나는 고개를 끄덕이며 감탄했다. 그리고 지금 당장 이 사실을 실험해 보고 싶은 생각까지 들었다.

"믿을 수 없는 것들을 믿게 하는 방법은 또 하나가 있지. '마지막'이라는 단어가 사람들의 마음에 얼마나 많은 자극을 주는지 알고 있겠지? 그 단어를 적절하게 이용하면 믿을 수 없는 것들을 믿게 할 수 있지."

나는 잠시 생각한 후에 말했다.

"네, 알고 있습니다. 마지막이라는 단어에 사람들이 자신의 마음을 바꾸고 돌아서는 것을 본 일이 있습니다. 하지만 그 단어에 믿을 수 없는 것들을 믿게 만들어주는 힘이 있을지는 의문입니다."

사장이 말했다.

"그 문제는 조금 후에 말하기로 하고, 우선은 마지막이라는 단어의 힘에 대해 느낀 거나 들은 얘기가 있다면 말해보게."

"음… 하나 있습니다. 제 친구가 헤어지자는 애인에게 다시 찾아가서 체념한 표정으로 마지막으로 너를 한 번 보고 돌아가려 한다는 말을 한 적이 있는데, 놀랍게도 그들은 헤어짐을 취소하고 다시 사귀게 되었습니다. 그 이유는 마지막이라는 단어가 주는 힘이 여자에게 이별을 되돌리게 만든 것 같다는 생각을 했습니다."

사장은 내 대답에 만족해하며 말했다.

"마지막이라는 말은 떠난 사랑도 되돌릴 수 있을 만큼 거대한 힘을 가지고 있지. 하지만 우리는 지금 경제적인 측면을 이야기하고 있으니 내가 다른 예를 들어보지. 백화점 세일 마지막 날, 어떤가?"

나는 당연하다는 듯 서둘러 말을 했다.

"그날이야. 백화점 주위가 마비될 만큼 사람들이 바글바글 대죠. 정말 마지막이라는 말은 사람들을 극성적으로 만들기도 한다니까요. 하하하."

"맞아, 그날은 사람들이 열광적으로 몰려들지."

한번 기회가 왔을 때 잡지 못하는 사람에겐
열 번 기회가 와도 마찬가지다

'인생역전'이라는 말은 존재하지 않는다. 무엇이든 그렇게 쉽게 바뀌지 않는다. 인생은 서서히 변화하여 비로소 하나의 결정체를 만든다.

그리고 그 변화를 주도하는 것 중 하나가 바로 태도다. 태도를 바꿔야 인생을 바꿀 수 있다. 바꾸지 않으면 우리는 계속 이렇게 살 수밖에 없다. 바보들은 매번 실패만 하기 마련이다.

"이봐, 그렇게 시간이 오래 걸리는 것을 언제 다 하려고?"

"그건 너무 힘들지 않겠어? 나중에 후회하기 전에 지금 당장 그만두는 게 좋겠어."

중간에 진행하던 일을 포기한다는 것은 괴로운 일이다. 그럼에도 많은 사람이 중간에 포기하는 쓴맛을 맛본다.

확실한 이유 없이 많은 시간을 투자해야 하거나, 많은 노력을 기울여야 하는 일일수록 어렵게 쌓아올린 탑이 무너지는 시간은 짧아진다.

누구에게나 기회는 자주 찾아온다. 과하게 찾아와 이게 기회인지 혼란스러울 만큼 자주 당신을 방문하기도 한다. 하지만 우리가 그 기회를 제대로 이용하지 못하는 것은 그 기회를 대하는 태도의 차이다.

어느 날, 텔레비전에서 안장이 없는 자전거로 돌이 가득한 산을 등산하는 한 남성을 본 적이 있다. 리포터는 그에게 너무 위험하지 않느냐고 질문했다.

그는 이렇게 대답했다.

"이것은 물론 아주 위험한 일입니다. 생명에 위협이 올 정도이지요. 하지만 위험은 노력이 반복될수록 줄어듭니다. 저는 이 산을 오르기 위해 그동안 완벽하게 이 돌덩이들을 넘어 정상에 오르는 나의 모습을 생생하게 그려왔고, 수만 개의 돌덩이를 상대로 철저하게 준비를 했습니다."

세상에 그냥 되는 것은 절대 없다. 그러므로 준비 없이 일을 시작하는 사람은 제아무리 많은 기회가 찾아와도 늘 실패를 거듭한 뿐이다.

기회가 왔을 때 그것을 잡기 위해선 다음 세 가지를 기억하라.

이것을 꾸준하게 실천에 옮기는 것이 애써 잡은 기회를 놓치지 않을 수 있는 최선이 방책이다.

1. 명확한 목표를 설정하기
2. 내가 원하는 나의 모습에 몰입하기
3. 끊임없는 준비를 통해 두려움에서 벗어나기

여섯 번째 흔적

—잘못 끼운 단추가 한계를 만든다

사장은 눈을 지그시 감았다가 뜨며 말했다.

"그럼 이제 생각의 폭을 좀 넓혀서 얘기해 볼까. 마지막 세일을 하는 곳이 백화점이 아닌 시장이라고 생각해 보게. 백화점에서 판매를 하는 것만큼 많은 효과가 있을까?"

"아무래도 백화점과 시장은 좀 차이가 있겠죠."

"그 차이가 내가 말하고 싶은 거네. 실상은 그렇지 않을 수도 있지만 사람들은 백화점은 준비된 곳이라고 생각하고 시장은 그렇게 생각하지 않지. 백화점하면 왠지 믿음이 가잖아. 백화점 물건이 훨씬 더 비쌈에도 불구하고 사람들은 백화점에서 물건을 살 때보다 시장에서 물건을 살 때 더 살펴보고 따지고 발품을 팔며 물건을 사지."

"사장님 말씀이 맞습니다. 백화점 물건은 값에 상관없이 구입하게 되고 시장의 물건은 그렇게 되지 않습니다. 왜 그럴까요?"

"그건 상식적으로는 비싼 것에 믿음을 갖는 대중의 심리겠지만 좀 더 깊숙이 들어가 보면 백화점의 물건은 믿을 수 있고 준비된 물건이라는 생각이 들기 때문이야. 이것은 중요한 문제야. 사람들은 무의식적으로 준비된 것들에는 의심을 하지 않거든."

"준비라… 그 준비는 어떤 방법으로 해야 하나요?"

사장은 내 등을 치며 말했다.

"이 사람, 그동안 내가 말해준 것들이 이 모든 것의 준비일세."

사장은 손가락을 하나씩 꼽아가며 얘기했다.

첫째, 피할 수 없으면 더욱 고통스러워하라.

둘째, 자동차는 최고 시속이 3키로다.

셋째, 지금 당신이 무엇을 해야 하는지, 당신의 때를 알아라.

일곱 가지 성공의 흔적

넷째, 성공한 이는 실패에 빚지고 살아간다.

다섯째, 한 번 기회가 왔을 때 잡지 못하는 사람에겐 열 번 기회가 와도 마찬가지다.

여섯째, 잘못 끼운 단추가 한계를 만든다.

"지금까지 이야기한 성공의 법칙을 통해 자네는 준비된 사람이 될 것일세. 그 준비는 성공이라는 선물로 되돌려 받을 수 있지. 자네, 계속해서 지금처럼 살고 싶은가?"

"아닙니다. 저는 지금의 이 삶이 정말 지긋지긋합니다."

"그래. 자네를 그 지긋지긋한 현실에서 구해낼 수 있는 것이 바로 내가 앞서 소개한 것들일세."

나는 고개를 끄덕이며 말했다.

"잘 알겠습니다. 저는 그냥 사장님이 말씀해 주신 것들만 철저히 지켜 나가면 되겠군요."

너무나 쉽게 말하는 나에게 사장은 답답하다는 표정으로 물었다.

"그냥 하라는 대로 하면 어떻게 하나. 첫 단추를 잘 끼워야지. 목적과 전혀 상관 없는 것을 준비하는 것은 차라리 하지 않는 게 좋지 않겠는가. 생각해 보게. 우리가 살면서 걸리는 병들은 초기에는 치료하기 쉽지만 진단하기는 어렵지 않은가. 물론 시간이 흐르면 진단하기는 쉬워지지만 반대로 치료하기는 어려워지지. 이처럼 첫 단추를 정확하게 끼지 못하는 것도 마찬가지네. 초기에는 쉽게 단추를 다시 낄 수 있지만 초기엔 그것이 눈에 잘 보이지 않아 간과하게 되고, 결국에는 후회를 하게 되지. 제아무리 빠른 속도로 모든 일을 진행해도 첫 단추가 제대로 끼어지지 않았기 때문에 시간적으로 심한 손해를 입게 되는 거야. 인식하지 못하면 사태는 악화되고, 모든 사람이 다 알아차릴 때가 되면 어떤 해결책도 소용없게 되는 거라네. 이것을 막기 위해 자네가 향하는 길에서 가끔 잠시 서서 이게 과연 맞는 길인지 아닌지를 확실하게 확인할 필요가 있네. 자네의 삶은 하나로 연결된 것처럼 보이지만 사실 하루하루가 모여 하나를 이룬 것이 아닌가. 하루의 방향이 잘못되었다면 고치면 되는 것일세."

나는 사장의 말에 공감하여 고개를 끄덕이며 말했다.

"그럼 사장님의 말씀은 하루라는 새로운 날을 다시 시작하며 옳지 않은 것이 있으면 고칠 것이고, 그것에 대한 아쉬움이 있으면 처음부터 열정적으로 다시 시작하여 채울 것이며 마침내 성공을 위한 모든 준비를 마치라는 것이군요."

일곱 가지 성공의 흔적

"그렇지. 이제 좀 말을 알아듣는군. 자네의 경우도 마찬가지네. 자네의 능력을 팔지 못하고, 소중한 시간을 파는 것으로 회사생활을 시작했기 때문에 이렇게 모든 것이 꼬이게 된 것 아닌가. 고통은 마치 사채 이자처럼 불어나 버리게 되고 말일세. 명심하게. 첫 단추를 제대로 끼우지 못하면 나중에 고통은 복리로 늘어난다는 것을."

"네, 이제야 모든 것을 알 수 있을 것 같습니다. 제 인생을 사소케 한 것은 정말 아주 사소한 것의 부재였습니다. 하지만 이제 사장님이 계시니 저도 용기가 납니다."

사장은 조용히 내 손을 잡으며 말했다.

"그래, 나도 자네를 믿네. 사소한 실수가 인생을 사소하게 만들지. 하지만 되돌아가 첫 단추를 다시 끼우면 되는 것 아닌가. 이제 자네에게 마지막 방법을 알려줘야겠군."

잘못 끼운 단추가 한계를 만든다

지금과는 다른 삶을 살고 싶다면 당신이 반드시 거쳐야 할 것이 있다. 지금까지의 당신 자신에게 이별을 고하는 일이다. 받아들일 수 있든 그렇지 않든 분명 헤어짐을 고해야 한다. 이유는 충분하다. 지금 떠나지 못하면 머지않아 그것을 이유로 더 큰 고통을 겪을 것이기 때문이다. 당신은 지금 왜 스스로 원하지 않은 삶을 살고 있는지 그 까닭을 알고 있다. 그럼에도 변하지 않는 이유는 이미 너무 오래 걸어왔기 때문이다. 하지만 당신이 아무리 막판 스파트를 올린다고 해도 옳지 않은 길에서 당신이 원하는 것은 절대 얻을 수 없다. 결국, 잘못 끼운 단추가 당신의 한계를 만든다. 노력이란 지루한 가시밭길이다. 그러한 길을 걸어온 자에게 당신은 잘못 걸어왔으니 되돌아가 올바른 길로 가라고 한다면 쉽게 말을 듣지 않을 것이다. 하지만 옳지 않은 길은 언젠가 다시 되돌아가야 한다. 늦으면 늦을수록 당신만 힘들어질 뿐이다.

이처럼 잘못 끼운 단추는 처음으로 되돌아가 다시 끼워야 하는 노력이 필요하다. 누구의 인생이든 잘못 끼운 단추는 있게 마련이다. 당신의 인생도 어디서부터 잘못된 것일까 하는 생각이 들지 않는가. 다시 시작하고 싶은데 용기가 나지 않아 그냥 살면서 왜 내가 이루고자 하는 것들은 이루어지지 않는가, 투정만 하고 있는가?

한계가 있는 개선을 통한 가치 창조는 잘못 끼운 단추와 같다. 백 미터 달리기 경기를 보고 있으면 일등과 꼴등의 차이는 아주 사소하다. 지금 꼴등으로 달리고 있다 할지라도 조금만 더 철저하게 준비한다면 1등이 될 수 있다.

일곱 번째 흔적

—성공을 원한다면 이루고 싶은 그것과 대화하라

"자네, 나와 시합 한 번 해보겠나?"

"시합이요? 전 운동은 잘 못하는데⋯⋯."

사장은 웃으며 말했다.

"하하하, 운동이 아니고 판매네. 누가 더 물건을 많이 팔 수 있느냐를 겨루는 거지. 그 안에 자네가 듣고 싶어 하는 일곱 번째 법칙이 숨어 있다네."

사장은 계속 말을 이었다.

"판매는 많은 사람을 대하며 이루어지는 것이기 때문에 다양성으로 봐서 성공의 기초를 이루는 마지막 단계라고 볼 수 있지. 판매는 사람을 대하는 고도의 기술을

요하는 것이거든. 자네가 그동안 배운 법칙들을 직접 사용해 보고 싶지 않나? 어때, 한 번 해보겠나?"

나는 사장이 하자는 것이라면 뭔가 내 인생에 도움이 될 거라 확신했다. 또한 언젠가 한 번은 꼭 해보고 싶었던 것이기에 흔쾌히 승낙하고 사장과 함께 남대문으로 걸음을 옮겼다.

장사를 하기엔 아직 이른 시간임에도 남대문은 늘 그렇듯 사람냄새가 가득했다. 사장은 평소 친분이 있던 판매대로 가서 사정을 구하고 잠시 그 자리를 빌렸다. 그리고 나에게 말을 건넸다.

"자, 이제 시작해 볼까?"

나는 자신있는 목소리로 대답했다.

"좋습니다."

"한 시간 동안 누가 더 많은 옷을 파느냐로 승부를 결정하는 거네."

사장과 나는 시합을 시작했다. 막상 상황 앞에 놓이자 긴장이 되기 시작했다. 마음을 가다듬기 위해서 마음속으로 이렇게 외쳤다.

'나는 누구인가?'

'나는 왜 여기에 있는가?'

많은 사람 앞에서 크게 소리치며 옷을 판다는 게 처음엔 좀 어색하고 쑥스러웠으나 마음을 다지자 평온을 찾을 수 있었다. 나는 사람들을 향해 우렁차게 외치기 시작했다. 가슴속에 자신감이 조금씩 차오르기 시작했다. 그 마음이 나에게 승리를 안겨 줄 것임을 믿어 의심치 않았다. 사장은 원채 목소리가 작았기 때문에 사람들의 관심은 내게 몰릴 것이 분명했다.

그때, 생각과는 다르게 사장에게 첫 손님이 왔고 정말 쉽게 물건이 판매되는 것을 목격하게 되었다. 우연이겠지, 라고 생각했다. 나는 곧 사람들이 나에게 구름같이 밀려 올 것을 대비해 사장에게 배운 칭찬의 효과를 떠올리며 손님들에게 어떤 칭찬을 하면 심리를 이용할 수 있을까를 생각하고 있었다.

하지만 손님은 계속해서 나보다 목소리가 작은 사장에게만 몰릴 뿐이었다. 나는 아직 내가 준비한 칭찬의 효과를 한 번도 사용하지 못하고 있었다. 이건 마치 사막을 홀로 걷는 느낌이었다.

어느새 약속한 한 시간이 흘렀고, 처음 예상했던 나의 승리는 너무도 터무니없이 날아가 버렸다. 나는 사장에게만 손님이 몰렸던 이유가 너무나 궁금했다.

"사장님, 왜 제겐 아무도 오지 않고 사장님에게만 손님이 몰려든 겁니까? 제가 사장님보다 목소리가 작은 것도 아니고……."

"교통사고가 나면 목소리가 큰 사람이 이긴다지만, 장사는 목소리 싸움이 아니야. 고도의 심리전이라고 내가 말하지 않았던가?"

사장이 계속 말을 이었다.

"이왕 교통사고의 예를 들었으니 그걸로 설명해 주지. 사람이 많은 8차선에서 사고가 났다고 가정을 해보게. 다행히 큰 사고는 아니라 목숨이 왔다 갔다 하는 그런 급박한 상황은 아니야. 하지만 사고의 충격으로 다리가 부러진 상황이지. 절대 혼자서는 일어설 수 없어. 자넨 어떻게 도움을 청하겠나?"

나는 당연하다는 듯 말했다.

"8차선 도로니 사고현장을 지켜보는 사람도 많을 텐데 굳이 도움을 요청하지 않아도 알아서 도와주지 않을까요?"

"그게 자네가 판매를 하지 못한 이유네."

"그게 이유라니요?"

"어떤 현상을 지켜볼 때 그걸 지켜보는 사람이 많으면

많을수록 사람들은 선뜻 그 현상으로 나서지 못하네. 만약 자네가 그 사고현장에서 무작정 도와달라는 말을 해도 앞으로 선뜻 나와 도와주는 사람은 흔치 않을 걸세."

나는 궁금한 표정으로 물었다.

"그럼 어떻게 도움을 청해야 합니까?"

"지시적 자극이라는 심리를 이용하는 거지."

"지시적 자극?"

"많은 사람이 모여 있는 곳에서 도와달라고 말하는 건 참 애매모호한 애원이야. 그리고 사람들은 애매모호한 상황에서 다른 사람들이 행동하는 대로 움직이는 경향이 있지."

나는 여전히 이해가 되지 않았다.

"글쎄요. 도와달라고 분명히 말을 했는데 왜 그게 애매모호한 애원이라고 말씀하시는 건지 저는 이해가 되지 않습니다."

"시장에서도 자네는 목소리만 컸지. 그리고 교통사고의 예에서도 자네는 그저 소리만 지를 뿐이고……. 내 말은 지시를 하라는 것이네. 그 많은 사람에게 도와달라고 불확실성의 말을 하지 말고 한 사람을 골라서 그 사람을 바라보며 말을 하는 것이지. 그럼 그 사람은 자네에게 집힌 이후로 불확실성이 확실성으로 바뀌고 자네를 도와주기 위해 다가오겠지. 그럼 그 사람이 자네에게 다가오는 것을 보고 주변의 구경꾼들은 애매모호한 상황이 확실한 상황으로 바뀌어 우르르 자네에게 몰려올 것이네. 그게 대중의 심리야."

사장은 덧붙여 이야기했다.

"한 마리의 개가 짖고 나면 보이지 않는 그 주변의 개들도 짖기 시작하지. 이유를 알지 못하고 그저 따라가는 심리, 그 모습은 마치 자동차의 기어와도 같아. 한쪽이 움직이면 맞물린 기어들이 끌려가듯 함께 움직이는 모습이 비슷하지 않나?"

나는 잠시 생각한 후에 얘기했다.

"사장님의 말씀은 그 심리적 현상을 판매에서 이용하려면 그저 소리만 지르는 것이 아니고 한 사람 한 사람 집어내어 심리를 이용하라는 것이군요."

"그렇지. 집어냄으로 인해 내가 지금 당신에게 이야기하고 있다는 것을 알려주라는 거야. 그럼 자네에게 집힌 사람들 중 한 명이 자네에게 옷을 사기 위해 올 테고, 그 한 사람의 고객은 다른 사람들에게 확실성을 심어주기 때문에 손님들이 우르르 몰려오는 상황을 만들어주는 것이지."

"대중의 심리를 이용하는 방법은 정말 요긴하게 쓰일

수 있을 것 같습니다."

사장은 얼굴을 찌푸리며 말했다.

"자네의 이용한다는, 그 말이 좀 걸리는군. 이용한다는 표현은 적절하지 않네."

나는 머리를 긁적이며 물었다.

"그럼……."

"판매와 대화는 비슷한 범주에 놓고 생각해 볼 수 있어. 대화도 나의 의견을 관철시키는 것이고, 판매도 나의 것을 상대방에게 이해시키고 파는 것이니까. 하지만 중요한 건, 대화가 한 사람의 승리로 끝나 버리면 대화의 본래 의미를 잃어버리게 된다는 거야. 대화는 상대방과의 의견을 조율하며 함께 좋은 방향으로 나아가는 의사소통이지 결코 한 사람의 승자를 만들기 위함이 아니거든. 쉽게 말하면 결혼도 마찬가지야. 두 사람이 만나 하나의 인생을 살며 좋은 방향으로 타협점을 찾아 나아가는 것이지. 각자의 삶을 살며 한 사람의 승자를 배출하기 위함이 결혼의 목적은 결코 아니거든."

"그럼 판매 역시 대화와 비슷한 의미로 이해해야겠군요."

"그렇지. 판매 역시 나의 물건을 상대방의 입장에서 이해시키며 서로가 만족할 만한 선에서 물건을 넘겨주는 행위지. 그리고 지시적 심리의 법칙은 그런 기회를 더 많이 가지게 하기 위해서 필요한 것이네. 즉 자네의 대중의 심리를 이용한다는 표현은 대중의 심리와 소통하는, 이라는 표현으로 바꾸는 게 좋을 것 같네."

나는 고개를 끄덕였지만 그래도 이해가 되지 않는 것이 있었다.

"사장님, 사장님은 어떻게 모든 사람의 심리까지 꿰뚫고 계신 거죠? 심리학과를 나오신 것도 아니고……."

"그건 관심일세. 무언가에 관심을 가지면 그제야 지금껏 보이지 않았던 것들이 보이게 되지. 자네의 목표는 사람들에게 자네의 물건을 더 빠른 시간 안에 많이 파는 것 아니었나. 그렇다면 자네가 이루고 싶은 그것과 끊임없이 대화를 하는 게 중요하네. 나는 늘 내가 원하는 것과 대화를 했고, 내가 바라는 그것이 실현될 것이라고 생각했다네. 내가 두려워하는 것은 내가 원하는 그것이 이루어지지 않을지도 모른다는 걱정이 아니라 언젠가 나이가 들면 내가 진정 원하는 것이 없어질 수도 있을 거라는 예감이었다네."

"그만큼 신성 원하는 것이 있다는 것은 삶을 살아가는데 큰 힘이 된다는 말씀이군요."

"그렇지, 질긴 천을 자르기 위해서 날카로운 칼을 이

용하는 것은 새롭지 않고, 인정받기 힘들지. 그만큼 과거의 삶을 떨치고 완전한 새로운 삶을 살기란 힘들어. 하지만 지금까지 소개한 일곱 개의 흔적으로 자네의 꽃도 피어날 거야. 그것으로 얻은 실천과 결실이야말로 자네의 인생을 통틀어 가장 강력한 설득력이 되어줄 것이네. 이제 그 설득력이 될 작은 성공을 찾으면 된다네."

"네, 알겠습니다. 사장님의 분명한 말씀을 들으니 모든 것이 쉽게 정리가 되는 것 같아 힘이 납니다."

"그리고 또 하나를 기억하게. 절대 일어날 수 없는 일은 결국 자네의 의지만 있다면 충분히 일어날 수 있는 일이라는 것임을. 그런데 어쨌든 승부에서는 자네가 졌군."

나는 웃으며 말했다.

"그렇습니다. 저의 완패입니다. 대결에서 졌으니 전 실패한 셈이군요. 하지만 괜찮습니다. 질 좋은 실패 한 번이 성공보다 백배는 중요하다는 사장님의 말씀을 가슴에 담아놓고 있으니까요. 이 실패를 쌓아두고 틈틈이 꺼내보며 제 것으로 만들어야겠습니다. 그런데 뭔가 좀 찜찜한 기분이 듭니다."

"그게 뭔가? 말해보게."

"자꾸 실패를 거듭하다 보면 괜히 삶의 낙오자가 된

일곱 가지 성공의 흔적

듯한 기분이 듭니다. 어차피 성공도 삶의 일부일 테니 말입니다."

 성공을 원한다면 이루고 싶은 그것과 대화하라

이루고 싶은 그것과 대화하라.

몸으로 생각하는 것은 가장 먼저 그만두어야 할 일이다. 몸에 익으면 의식하지 않아도 무엇이든지 할 수 있다. 다만 늘 해 왔던 것들은 창의적이지 못하다.

고수는 근육과 세포가 기억을 하는 사람이 아니라 늘 머리로 생각하여 그 누구도 측정할 수 없는 사람이다. 피아노 연주도 마찬가지다. 몸에 익은 대로만 움직인다면 연주를 잘할 수는 있으나, 예술 작품은 나오기 힘들다. 똑같은 일을 100번 반복하는 것보다 다르게 10번 시도해 보는 것이 더욱 효과적이다.

수영을 가르치는 방법에는 두 가지가 있다고 한다. 하나는 물에 뜨는 법이나 숨 쉬기 같은 기초에서부터 실제로 수영을 하는 법까지 단계별로 자세히 가르쳐 주는 방법이다. 또 다른 하나는 일단 물에 빠뜨려 놓고 스스로 물에 뜨고 헤엄치는 방법을 배우도록 하는 것이다. 몰인정하다고 느낄 수도 있지만 대부분의 기업이 직원 채용 후 택하는 방법은 후자에 가깝다. 일단 직장이란 물에 빠뜨리고 나면 물에 뜨는 사람들만을 데리고 진도를 나가는 것이다.

　사는 것도 회사와 같다. 그러므로 도움을 구하는 것을 너무 쉽게 생각하지 마라. 우리는 모두 똑같은 사람이다. 살아남기 위해서 죽도록 살고 있는 사람들이다. 아직 자신도 물에 뜨지 못했는데 발버둥 치고 있는 사람을 구하기 위해서 자신을 희생할 사람은 없다. 삶이란 모든 사람을 물에 빠뜨리고 나서 물에 뜨는 사람들만을 데리고 진도를 나가는 것이다.

**생각만으로 가슴이 벅차오르는
당신의 '수확' 을 위한 일곱 가지 비결**

1 피할 수 없으면 더욱 고통스러워하라
2 자동차는 최고 시속이 3키로다
3 지금 당신이 무엇을 해야 하는지 당신의 때를 알아라
4 성공한 이는 실패에 빚지고 살아간다
5 한 번 기회가 왔을 때 잡지 못하는 사람에겐 열번 기회가 와도 마찬가지다
6 잘못 끼운 단추가 한계를 만든다
7 성공을 원한다면 이루고 싶은 그것과 대화하라

Chapter 5

연장전에서 승리하기

　"인생과 성공은 같은 것이 아니야. 어떤 것이 더 큰 범주인지도 나누어 생각하기 불가능하지. 인생이 전반전과 후반전으로 나눠진다면 성공이라는 것은 연장전이기 때문이야. 즉 인생과 성공이라는 것은 어느 것이 어느 것을 포함하는 것이 아닌 둘을 합해서 하나가 되는, 공존해야 비로소 하나의 의미를 이루는 존재가 되는 것이지."

　나는 뭔가 석연치 않았다.

　"인생이라는 것에 성공이 속하는 것 아닐까요? 어차피 성공도 삶이라는 테두리 안에서 행해지는 것이니."

"인생을 말할 때 주로 많이 웃고 즐기라고 하지. 즐거운 인생, 행복한 인생, 이런 것들로 인생의 의미를 대신하곤 하지. 하지만 성공을 즐겨라, 라고 말하진 않지 않나. 그게 인생과 성공이라는 것이 같은 범주가 아니라는 증거야. 축구의 전반전과 후반전을 지켜볼 때는 준비한 음식을 먹으며 같이 온 사람들과 다정하게 응원을 하지만 연장전으로 들어가면 어떤가? 그때 정도 되면 준비해 온 음식은 이미 다 먹은 상태일 거야. 그것은 연장전은 미리 생각하지 않고 닥친 상황이기 때문이야. 게다가 연장전은 골이 나면 바로 승부가 끝나 버리니까 긴장하게 되고 음식을 먹을 여유조차 없지. 그래서 성공이란 연장전과 같은 거야. 단 한 번에 기회를 잡아서 골을 넣는 방법을 사전에 완벽하게 준비한 자가 승리하거든."

지금까지 사장이 나에게 한 많은 이야기, 성공을 위한 한 편의 시나리오가 머릿속에 입력이 되는 느낌을 받으며 나는 머리가 복잡해짐을 느꼈다.

"사장님, 역시 성공이라는 것을 잡으려면 신경 쓸 일이 많군요."

사장은 강하게 고개를 저으며 말했다.

"그게 아니지."

"그게 아니라면?"

사장은 입을 크게 열며 또박또박 말했다.

"자네가 성공을 신경 쓰지 말고, 성공이 자네를 신경 쓰도록 만들어야 한다네."

사장은 계속 말을 이었다.

"지금까지 내가 알려준 방법은 성공을 따라가는 그런 방법이 아니네. 근본적으로 성공의 기초를 닦은 후에 어쩔 수 없이 성공이 나에게 끌려오게 만드는 방법이지. 노력한 자가 승리하듯 준비된 자는 절대 끌려다니지 않아."

나는 망설이다가 말했다.

"하지만 사장님, 혹자들은 이런 자기계발적인 말로 인해 한 사람의 인생이 완벽하게 달라지는 것은 불가능하다고 말합니다. 사장님이 해주신 말이 과연 제 인생을 변화시킬 수 있을까요?"

사장은 가까이 다가오더니 내 어깨를 조용히 두드리며 말했다.

"내가 한 말들을 사람들은 거부할 수도 있네. 인생이란 것은 자신의 삶에서 우러나오는 것이고 저절로 생성되는 거지. 누군가의 이야기를 듣고 세상을 보는 눈이 달라지고 단번에 인생을 바꿀 수는 없어. 하지만 내가 말하고 싶은 건 이것이네. 같은 점에서 출발했다 할지라도 아주 미세한 각도의 차이가 엄청난 격차를 만들어내지. 자네 주변에는 그런 사람이 없나?"

나는 기다렸다는 듯 말했다.

"있습니다. 학교 다닐 때에는 별 다를 게 없는 친구였는데 10년이 지나고 우연하게 소식을 들었는데 큰 성공을 했다고 합니다. 제 인생도 그 친구처럼 성공하고 달라질 수 있을까요?"

"물론 그럴 수 있지. 하지만 내가 말한 것들로 자네의 인생이 덜컥 달라지는 일은 일어나지 않을 걸세. 그렇게 되길 바라지도 않고. 다만 다른 사람들과 비슷한 각도의 선을 유지하고 있는 현재의 자네가 내 말을 듣고 각도를 넓혀 일 년이 지나고 오 년이 지났을 미래의 어느 날, 다른 사람들과 현격한 차이를 만들며 성공이라는 점까지 도달할 수 있기를 바라네. 자네의 그 친구처럼 말이네."

사장과 나는 천천히 회사 쪽으로 걸음을 옮기며 대화를 이어나갔다.

"사장님……."

"그래, 말해보게."

"사장님께서 지금까지 말씀하신 것은 경영에 대한 것들이지 않습니까? 성공하는 방법에 대한 것이니 회사원

연장전에서 승리하기

들에게는 해당되지 않는 것이라고 생각되기도 합니다. 보통 회사원들에게는 성공이라는 말을 잘 사용하지 않죠. 창업을 하거나 그밖에 다른 일을 통해 큰돈을 벌 때 비로소 성공을 했다고 하는데…….

사장은 내 어깨를 꼭 잡으며 말했다.

"왜 창업을 한 사람에게만 성공이라는 단어와 경영이라는 단어가 필요하다고 생각하나? 자네의 생각은 틀렸네."

"그럼……."

"경영이라는 것은 회사원들에게도 필요하네. 회사도 크게 보면 한 나라나 마찬가지네. 그러니 그 안에 속해 있는 회사원들도 일반 자영업자들처럼 경영을 해야 하네. 즉 회사 안에서의 자기경영이지."

"회사 안에서의 자기경영이라면?"

"음… 예를 하나 들어볼까? 회사 안에서 필요한 사람을 자기편으로 끌어들이되 너무 가깝게 두지는 말라는 것이 자기경영의 한 가지 방법이라네."

필요한 사람이라면 누구보다도 가깝게 두어야 하는 게 상식이라고 생각했던 나에게 사장의 말은 비논리적으로밖에 들리지 않았다.

"필요한 사람을 가깝게 두지 말라니요? 도저히 이해

가 되지 않습니다."

"자네에게 필요한 사람들은 대체적으로 자네가 가지지 못한 것을 가진 사람들이지?"

"그렇습니다."

"그리고 그 사람들은 누가 봐도 자네보다 능력이 있는 사람들이겠지?"

자존심이 상했지만 부정할 수 없었다.

"그렇습니다. 대부분의 사람이 자신보다 월등한 사람들을 가깝게 두고 그 실력을 배우려고 노력하지 않습니까?"

사장은 갑자기 일어서더니 나를 건물 옥상으로 데려갔다.

그곳엔 사장이 만든 것으로 보이는 작지만 예쁜 정원이 있었다.

"이리로 와서 이 나무 좀 보게나."

사장이 가리키는 곳엔 건강하게 자라고 있는 나무들 사이에서 유독 부실하게 자란 나무 한 그루가 있었다.

"다른 나무는 다 튼튼하게 자랐는데 왜 이 나무는 크질 못한 거죠?"

"궁금한가?"

"궁금한 것을 떠나서 근본적으로 이해가 되질 않습니

다. 심은 시기가 다른가요?"

"심은 시기는 조금 차이가 나지. 하지만 그 차이가 이 결과를 만든 것은 아닐세."

"그럼 그 이유라는 게 도대체 뭔가요?"

"저 그늘을 보게나. 큰 나무들이 만드는 그늘… 햇볕을 봐야만 튼튼하게 자라는데 주위에 있는 커다란 나무들 때문에 제대로 자랄 수가 없던 거네. 자네도 저 나무와 다를 바 없네."

내가 저 앙상한 나무와 다를 바 없다니. 도대체 무얼 의미하는지 알 수 없었다.

"아니, 그게 무슨 말씀이세요?"

"자네가 필요하다고 생각하는 사람들이 모두 자네보다 월등한 사람들이라고 했지?"

"네."

"그리고 그런 사람들을 너무 가깝게 지내지 말라는 내 말을 자네는 이해하지 못했고."

"그랬죠."

사장은 아직도 이해하지 못했냐는 얼굴로 나를 바라보며 말했다.

"저 앙상한 나무는 자네고, 자네 주위에 있는 사람들은 튼튼한 나무네. 앙상한 나무는 큰 나무 가장 가까운 곳에서 함께 자라며 자신의 옆에 있는 큰 나무보다 더 크게 자랄 거라는 희망을 가지고 살지. 하지만 실상은 어떤가? 큰 나무의 그늘에 가려 오히려 제 몸을 축내고 있지."

"아……."

"인간관계도 마찬가지네. 필요한 사람은 대부분 자신보다 월등한 능력을 지닌 사람이고 또 그런 사람들은 자신보다 능력이 없는 사람들과 가깝게 지내다가 결국 중요한 순간엔 그 사람을 이용해 더 높은 곳으로 올라간다네. 이것은 인간과 자연 모두에게 적용되는 법칙이지."

사장은 다시 한 번 힘을 주어 말했다.

"큰 나무들이 만드는 그늘 속에서 살아가는 작은 나무는 절대 큰 나무의 크기를 따라잡지 못해. 평생 쫓아갈 뿐이지."

그리고는 진지한 표정으로 말을 이었다.

"그러니 그늘 속으로 들어가지 말라는 것이네. 항상 적당한 거리를 유지하는 것이 중요하지."

나는 사장의 말뜻을 정확하게 이해하지 못했다.

"적당한 거리를 유지하라는 말은 어떤 의미로 받아들

이면 되는 거죠?"

"학생은 공부를 잘하기 위해 선생님의 수업을 듣지. 하지만 학생이 선생님이 될 필요는 없다는 거야. 즉 자네는 자네보다 능력이 좋은 사람을 곁에 두고 그 능력은 어디에서 오는 것인가 의문을 가지며 능력의 전모를 파악하고 좋은 점만을 자기 것으로 만들면 되는 걸세. 그와 똑같은 사람이 될 필요는 없어. 모방이라는 건 항상 오리지널을 따라갈 수 없는 거니까."

나는 그제야 고개를 끄덕일 수 있었다.

"성공하기 위해서 많은 사람의 노하우를 습득하되 결코 그 사람과 똑같은 사람이 되지는 말란 말씀이군요."

"그렇지. 이 세상에 사람이 많은 만큼 직업의 종류도 참으로 많지. 지금 다니는 회사에 입사하기 전에 자네는 어떤 직업을 가지고 싶었었나?"

꿈 많던 학창시절을 다시 떠올리며 내가 가지고 싶었던 많은 직업을 하나하나 늘어놓았다.

"음… 치과의사가 하고 싶었고 연구원, 와인감별사, 펀드매니저, 참 야구선수도 하고 싶었습니다."

"그것 봐. 누구나 하고 싶은 것은 참 많지. 하지만 자신이 하고 싶은 것을 모두 경험할 수 있는 사람은 아마 이 세상에 존재하지 않을 걸세. 그래서 사람과 사람은 만나고, 사귀는 거야. 치과의사를 하지는 못했지만 치과의사를 직업으로 가진 친구를 사귀어 간접적으로 경험을 해보는 거지. 그렇게 많은 직업에 종사하는 사람들을 사귀며 다양한 성공의 방법도 깨닫고. 그리고…….”

사장은 잠시 뭔가를 생각하더니 결심한 듯 입을 열었다.

“자네에게 꼭 하고 싶은 중요한 이야기가 하나 남았는데 그건 다음에 만나서 얘기하도록 하지.”

나는 아쉬운 듯 말했다.

“지금 말해주실 수는 없나요? 너무 궁금해서 기다리기 힘들 것 같습니다.”

“허허. 자네, 보채지 말게. 한꺼번에 다 알면 재미없지 않은가. 대신 힌트를 하나 주지.”

사장은 헛기침을 크게 한 번 하더니 말했다.

“Silent listening.”

사장이 말한 영어는 ‘조용한 듣기’ 정도로 해석할 수 있었다.

“자, 힌트를 줬으니 답이 과연 뭔지 생각해 보게.”

“알겠습니다. 그럼 오늘은 이만 돌아가 보겠습니다.”

연장전에서 승리하기

나는 사장이 말한 조용한 듣기라는 게 대체 무엇일까
를 곰곰히 생각하며 발걸음을 돌렸다.

 '수학'에 신경을 쓰지 않아야 '수학'을 잘할 수 있다

농사를 잘 짓는 사람은 농사에 신경을 쓰지 않는다. 그는 충분히 썩어 비옥해진 과거가 미래의 수확량을 결정한다는 유일한 원리만을 알고 있을 뿐이다.

그 원리를 알지 못하고 농사를 짓게 되면 자신의 행동에 따른 하루하루의 결과에 신경을 쓰게 되기 때문에 농사를 제대로 짓는 것이 더욱 힘들어진다.

성공 역시 마찬가지다.

성공이란 날마다 마음속에 그린다고 생기는 것이 아니다. 간절하게 원한다고 찾아오는 것은 더더욱 아니다. 성공이란 근본적으로 과거 당신과의 결별을 의미하기 때문이다.

그러므로 당신의 하루를 바꾸지 못하면 성공은 절대로 이루어질 수 없다.

가장 안전한 방법은 스스로에게 투자하는 것이다. 투자할 수 있는 대상은 시간이다. 모든 사람에게는 아침과 점심, 저녁의 시간이 있다. 당신이 아침을 어떻게 보내느냐에 따라 낮이 바뀌고, 낮을 어떻게 보내느냐에 따라 저녁이 바뀐다.

변화란 하루를 바꾸지 못하면 절대로 이루어질 수 없다. 하루, 한 달, 일 년을 같은 방식으로 변화를 거듭하다 보면 당신이 성공을 신경 쓰지 않아도 성공은 분명 당신 곁에 와 있을 것이다.

Chapter 6

내가 원하는 것과 나를 기다리는 것

다음날 회사.

나는 업무가 시작되기 30분 전에 회사에 도착해 오늘 해야 할 일을 체크하고 있었다. 한 시간 정도 후에 일주일에 한 번 하는 아침 회의가 있기 때문에 신경 써서 일주일 동안의 작업 진행사항을 정리했다.

잠시 후, 회의가 시작되었다. 웬일인지 실장은 평소와는 다르게 초조해 보였다. 대체 무슨 일이 있는 걸까, 하고 생각하고 있는데 그가 입을 열었다.

"음… 오늘 오후 비행기로 미국에서 중요한 바이어가 옵니다. 회사에서는 이번 계약 건을 아주 중요하게 생각하고 있습니다. 짐작하겠지만 우리 회사가 중요하게 생각한다는 건 다른 회사들 역시 계약을 따내기 위해 무단히 틈새를 노리고 있다는 것을 의미합니다."

회의실 안은 조용해졌다.

"오늘 미국에서 바이어가 온다는 사실은 우리 회사만이 알고 있는 사항입니다. 그러나 그 바이어는 우리 회사가 그 공항에 마중을 나간다는 사실을 알지 못합니다. 다른 회사들은 그의 방문 사실을 알지 못하니 상황은 우리에게 절대적으로 유리합니다. 하지만 그를 공항에서 회사로 데려오지 못하면 금세 소문이 퍼져 다른 회사들이 그 바이어에게 접근할 겁니다."

실장은 잠시 숨을 고르며 이야기했다.

"누가 공항에 나가겠습니까?"

안 그래도 조용한 회의실이 더욱더 적막해졌다. 회사에서의 중요한 일은 잘하면 본전, 못하면 큰 질책이 쏟아진다. 상황이 이러한데 누가 그렇게 실속 없고 위험한 일에 나설 수 있겠는가. 직원들은 서로 눈치를 보고 있었고 실장은 그런 직원들을 보며 한숨을 내쉬었다.

"제가 가겠습니다."

나도 모르게 소리쳤다. 나도 모르게……. 그건 몸이 아닌 내 안의 정신이 원한다는 것을 의미했다. 나는 이미 사장과 회장에게 성공에 관한 좋은 교훈들을 배웠고 또 그것들을 시험해 보고 싶다는 생각을 했다.

"자네는 안 돼."

"왜 안 됩니까?"

"자네는 전에도 바이어에게 실수를 해서 회사에 막대한 손실을 끼쳤지 않나. 자네는 안 돼. 김 대리 말고 다른 사람 없나?"

"아닙니다. 제가 꼭 가고 싶습니다."

나는 더 큰 소리로 외쳤다. 그것은 이번만큼은 나를 믿어달라는 의미의 외침이었다. 실장은 잠시 생각에 잠기더니 조심스레 입을 열었다.

"자네, 정말 자신있나? 이번 일에 실패하면 자네가 어떻게 될지 나도 장담하지 못하네."

"알겠습니다. 열심히 하겠습니다."

바이어를 데려오기 위해 공항으로 떠난 지 5시간이 지나서야 나는 회사에 돌아올 수 있었다. 내가 사무실로 들어오자 모든 직원의 눈이 내게 집중되었다. 다들 결과를 너무나 궁금해 하는 것 같았다. 나는 상황보고를 하기 위해 실장에게 갔다.

"실장님, 김 대리입니다."

내가 원하는 것과 나를 기다리는 것

"들어오게."

평소 같으면 제자리에 앉아 나를 맞이했을 실장은 의자에서 거의 반사적으로 몸을 일으켜 가까이 다가왔다. 실장에게 저런 민첩한 능력이 있다는 것을 오늘에서야 처음 알았다. 그로인해 이 일이 얼마나 중요했는가를 다시 한 번 되새길 수 있었다.

실장은 다소 창백한 얼굴로 말했다.

"자네, 혼자 왔나?"

"네, 혼자 왔습니다."

실장의 얼굴에 희미하게 경련이 일기 시작했다.

"자네, 설마… 또…….."

나는 가위로 종이를 자르듯 단번에 실장의 의심을 잘라버렸다.

"제 집에 모셨습니다."

"집에? 바이어가 자네 집으로 갔다고?"

"네. 그리고…….."

실장의 얼굴은 확연히 밝아지고 있었다.

"그리고 뭔가? 또 무슨 일이 있나?"

무슨 안 좋은 일이라도 있나, 하는 생각을 하는지 실장은 다시 한 번 긴장한 표정으로 나를 뚫어지게 쳐다보며 말했다.

"우리 회사와 계약을 하겠다고 합니다."

실장은 기쁨을 주체하지 못하며 연인을 안아주듯 나를 껴안았다.

"자네, 어떻게 계약을 따낸 건가?"

나는 놀라워하는 실장의 얼굴을 바라보며, 그저 웃고만 있었다.

"나는 자네가 바이어를 회사로 데려오기만 하면 대성공이라고 생각하고 있었는데. 대체 방법이 뭔가?"

나를 못 미더워 하던 실장의 변화된 모습을 보며 지난 며칠 동안 나에게 있던 많은 일을 머릿속에 떠올렸다. 그 일들 속에서 실패했던 것들이 나에겐 성공을 향한 지침서가 됐고, 마침내 오늘, 나는 성공할 수 있었다. 그리고 또 하나, 사장이 어제 힌트로 알려준 'silent listening'의 뜻을 바이어를 만나며 깨닫게 되었다. 더불어 그 방법을 이용하여 계약을 성사시킬 수 있었다. 기분이 너무나 좋아진 실장은 무슨 부탁이든 들어줄 것 같았다. 나는 그런 기회를 놓치지 않고 말했다.

"실장님, 내일 제 동생이 수술을 하는데, 지금 병원에 가 봐도 되겠습니까?"

실장은 마음씨 좋은 아저씨의 얼굴로 말했다.

내가 원하는 것과 나를 기다리는 것

"그걸 말이라고 하나. 동생이 수술을 하는데 당연히 가봐야지. 아니, 이참에 동생 간호라도 해주면서 며칠 푹 쉬도록 하게나. 하하하. 계약을 어떻게 따냈는지에 대해서는 나중에 듣기로 하지."

평소에 볼 수 없던 실장의 관대함을 보며 그동안의 직장 생활이 늘 시간에 쫓기며 바빴던 이유를 다시 한 번 느낄 수 있었다. 역시 나는 직장에 시간을 팔았지 능력을 팔지 않았던 것이다. 얼마 전까지만 해도 나는 삶을 다 바치고 휴일을 반납하고 밤늦도록 회사 일에 열중하는 것이 가장 큰 능력이라고 여겼다. 하지만 능력이란 그런 것이 아니었다. 나는 그동안 능력이 안 되니 시간을 팔았고, 시간을 파니 늘 시간에 쫓길 수밖에 없었다. 하지만 이제 나는 시간을 팔던 과거의 내가 아니다. 그렇게 내 안에는 자신감이 채워지고 있었다.

나는 서둘러 발걸음을 옮겼다. 내일은 동생이 수술을 받는 날이었기에 떨리는 마음과 불안한 마음을 추스르며 버스를 타고 병원으로 갔다.

동생은 수술을 위해 머리카락을 잘랐다. 동생은 그동안 그 아픈 치료를 받으면서도 태연한 척했지만 낯설게 잘린 자신의 머리를 보며 "오빠, 나 죽지 않겠지? 수술하면 살 수 있겠지? 그렇게 받고 싶었던 수술을 하게 됐는데 왜 자꾸 눈물이 흐르는 걸까"라고 말하며 약한 모습을 보였다. 나는 동생의 그런 반응이 못내 불안하여 의사를 찾아가 동생의 수술에 대해 상담을 했었다. 상담이라봐야 수술에 대한 안전성과 성공성의 얘기를 묻는 것이었고 의사는 그런 나에게 이렇게 얘기했다.

"어려운 수술입니다. 수술 부위에 민감한 신경이 여러 개 지나고 있기 때문에 자칫하다가는 좋지 않은 결과를 초래할 수 있습니다. 치밀한 손길을 필요로 하는 수술이라 4시간 정도 소요될 예정입니다. 가족들께서는 마음의 준비를 단단히 하셔야 할 겁니다. 하지만 동생의 상태는 희망적이니 너무 걱정은 하지 마시구요."

어려운 상태는 아니라니 마음이 놓였지만 편하게 잠을 잘 수 없었다. 뒤척이고 뒤척이다 나도 모르게 잠에 들었고 깨어나 보니 아침 7시였다. 3층 병실 창문 밖에는 아파트 사이로 해가 떠오르고 있었다. 어머니를 깨울까 하다가 좀 더 주무시게 놔두기로 했다. 하지만 30분 후, 동생을 수술실로 옮기기 위해 준비를 하는 간호사에 의해 어머니는 깨어나셨다.

나는 수술실로 실려 가는 동생에게 말했다.

내가 원하는 것과 나를 기다리는 것

"나연아, 아무 걱정 하지 마. 수술 받고 다 낳으면 우리 가족, 즐겁게 살자……."

나는 말을 채 이을 수 없었다. 그런 나에게 오히려 동생은 괜찮다는 표정으로, 견딜 수 있다는 표정으로 "수술 잘 받고 올게"라는 말을 남기고 수술실로 들어갔다. 어머니는 동생이 수술실로 들어가는 모습조차 보기 힘들었는지 저 반대쪽에서 주저앉아 눈물만 흘리고 있었다.

오전 8시. 4시간 정도 예상한다고 했으니 12시가 돼야 수술이 끝날 것이다. 한 시간쯤 지났을까. 복도 끝에서 내 이름을 부르는 소리가 났다.

"근영 씨."

뒤돌아보니 놀랍게도 부장과 사장이 내 이름을 부르며 함께 걸어오고 계셨다. 나는 당혹감이 가득 묻은 얼굴로 부장에게 물었다.

"부장님, 사장님과 친분이 있는 사이신가요?"

부장은 옅은 미소를 지으며 말했다.

"그럼, 당연하지. 나랑 이놈은 학교 동창이야. 아주 친한 친구지."

나는 놀라운 얼굴로 말했다.

"그럼 그 계약을 하실 때 군이 저를 보내실 필요가 없던 거네요?"

이번엔 사장이 입을 열었다.

"내가 사장 자리에 오르고 주변에 능력 있는 사람이 없어서 자네 회사 부장인 내 친구에게 좋은 사람이 있으면 추천 좀 해 달라고 했지. 그랬더니 이 친구가 대뜸 자네를 추천하더구먼. 그래서 과연 자네가 능력이 있는지 없는지 그동안 내가 시험해 본 것이네. 많이 놀랐나?"

그저 놀라움으로 아무 말 하지 못하고 있는 나에게 사장은 계속 말을 이었다.

"그래, 동생 수술은 잘되고 있는 건가?"

"아니, 제 동생이 아프다는 건 어떻게 아시고?"

"하하하, 이 사람. 당연히 알고 있지. 사장이 사원의 소식을 모르면 어떡하나."

"네? 사원이라니요?"

사장은 내 어깨에 손을 올리며 말했다.

"자네를 내 회사에 스카우트하기로 했네. 자네만 받아들인다면 이젠 자네 사장은 나네. 하하하."

내 얼굴에는 오래도록 놀라움이 가시지 않았다.

"놀리지 마십시오, 사장님. 말도 안 됩니다. 저같이 평범한 사람이 스카우트라니요?"

그때 조용히 지켜보던 부장이 손을 내저으며 말했다.

내가 원하는 것과 나를 기다리는 것

"아니네. 자네는 그럴 자격이 충분해. 지난 5년간 내가 자네를 좋아했던 이유는 항상 노력하고 근면했기 때문이네. 물론 내 곁에 두고 싶은 마음도 크지만 내 친구에게 성공의 길에 이르는 방법을 배우면 더욱 출중한 사람으로 성장할 수 있을 거라 생각했네. 그래서 자네를 추천한 거구."

나는 그제야 조금 알겠다는 듯 말했다.

"아니, 그럼 부장님이 일부러 저를 사장님께 보내서 성공에 이르는 길을 깨닫게 해주신 것이군요. 부장님께서 제게 마지막 기회라고 하시며 계약을 꼭 따내라고 하실 때 정말 무서웠습니다. 이대로 회사를 잘리는 건 아닌가하고 말입니다."

"하하하. 미안하네. 하지만 자네가 더 큰 사람이 되기 위해선 그 정도의 고통쯤은 감수했어야 했네. 그 결과로 이번에 계약을 자네가 성사시키지 않았나."

사장과 부장, 나의 대화는 계속 이어졌고, 시간은 어느새 12시에 이르고 있었다. 그때, 수술을 알리는 램프가 꺼지더니 문이 열리고 몇 명의 의사와 간호사가 수술실에서 나왔다. 나는 먼저 의사의 얼굴 표정을 살피려 했다. 수술이 잘됐는지 아닌지는 의사의 표정을 보면 알 수 있을 것 같았다. 드라마를 보면 보호자들은 항상 수술실을 빠져 나오는 의사들의 표정에서 그 수술의 성공 여부를 판단한다. 하지만 역시 인생은 드라마와 같지 않았다. 두려움 때문에 차마 의사의 얼굴을 바라볼 수 없었다. 너무나 두려웠다. 만약 수술이 실패했다면… 차라리 이렇게 의사의 얼굴을 바라보지 않고 조금이라도 희망의 시간을 더 가지고 싶었다.

머릿속에서 지난 며칠이 꿈처럼 스쳐 가기 시작했다. 힘없이 집 앞 가로등 앞에 앉아 있다가 목에 걸린 줄에 아파하는 강아지를 병원에 데려다주고 마지막 남은 비상금을 수술비로 털어 넣으며 나와 같은 강아지의 모습에 고통스러워하던 모습, 회사에서 퇴출 위기에 몰려 힘들게 하루하루를 버티고 있는데 카드회사 직원이 회사로 불쑥 찾아와 행패를 부리며 동생의 병원비로 준비해 둔 돈을 가져가 버린 일, 동생이 죽을지도 모른다는 소식을 들으면서도 수술을 시켜주지 못하는 내 인생에 아파했던 날들……. 그렇게 못난 오빠를 위해 오랜 시간을 기다려 준 동생이었다. 이대로 동생이 죽는다면 나는 하늘을 절대 올려다보며 살지 못할 것 같았다.

살아야 한다, 살아야 한다.

그런 생각을 하며 서 있는 나에게 의사가 먼저 다가왔다. 나는 통보보다는 답을 듣는 것이 좋을 것 같아 용기

내가 원하는 것과 나를 기다리는 것

를 내어 동생의 수술 경과를 물었다.

"선생님, 수술은 잘되었나요?"

의사는 입에 쓴 마스크를 벗고 숨을 한 번 크게 내쉬
더니 말했다. 의사의 입을 통해 말이 흘러나오기까지의
그 짧은 순간은 나에게 혼란의 시간이자 세상에서 가장
길고도 안타까운 시간이었다.

"대성공입니다."

어머니는 기쁜 마음에 눈물을 흘리며 의사를 껴안았
고 나 역시 긴장이 풀리면서 털썩 주저앉아 안도의 눈물
을 흘렸다. 뒤에서 사장과 부장이 기쁨의 미소를 지어보
이며 나에게 다가와 말했다.

"자네가 동생을 구했군."

"제가 구하다니요. 동생 수술비도 마련하지 못한 못
난 오빠입니다."

사장이 고개를 저으며 말했다.

"그렇지 않아. 수술비는 자네가 낸 거네."

나는 의아한 눈빛으로 사장에게 되물었다.

"수술비를 제가 냈다니요? 그게 무슨 말씀이신
지……."

"수술비는 자네처럼 능력 있는 사람을 스카우트한 감
사의 비용으로 내가 자네 몰래 지불했네. 그러니 자네가

낸 거지 무엇이겠나? 편하게 자네 일 년치 연봉을 미리 받았다고 생각하게. 하지만 연봉을 미리 받았다고 너무 실망하지는 말게. 자네가 얼마나 잘하느냐에 따라 월급보다 많은 인센티브를 줄 수도 있으니 말이야. 지금까지 그랬듯 모든 것은 자네에게 달렸네. 하하."

너무나 고마운 마음에 나도 모르게 사장을 덥석 껴안았다.

"감사합니다, 사장님……."

"민망하게 이거 왜 이러나. 감사하긴. 이제 자넨 내 사람이니 나를 위해서 일을 열심히 해 주면 되네."

동생이 입원실로 옮겨지고 나는 사장과 함께 잠시 병원 밖을 거닐었다. 사장은 나를 스카우트하겠다고 했지만 내가 그럴 만한 사람인지 아직도 궁금했다. 지금까지 나는 어디에 속해 있던 그저 평범함 사람이었다. 물론 요 며칠 사이에 큰 자신감을 얻고는 있었지만 뭔가를 크게 잘하거나 돋보이는 사람이 아니었다.

"사장님, 저를 왜 스카우트 하시려는 건가요? 저보다 능력이 좋은 사람은 사장님 주변에 매우 많을 텐데요. 정말 근면하고 성실하다는 이유만으로 제가 뽑힌 건가요?"

"내가 왜 자네처럼 평범한 사람을 선택했는지 궁금한

가 보군. 그래, 내가 지금까지 지켜본 자네는 토익 실력도 그저 그렇고 화술에도 능하지 않고 모든 것이 말 그대로 평범하지."

익히 할고 알고 있는 사실이었지만, 막상 누군가를 통해 나의 단점을 듣게 되니 기분이 좋지만은 않았다.

"하지만 자네에겐 무언가를 할 때 포기하지 않는 정신이 있어 보였네. 성공한 사람은 만들어 낼 수 있으나 자네처럼 노력하는 사람은 만들어 내기가 쉽지 않지. 그게 바로 자네의 잠재력일세. 얼핏 보면 자네는 말이 없고, 정이 많은 축에 속하지만 자네의 내면에는 불같은 것이 들어 있지. 그건 자네가 '99+1'이라는 문제에 대한 답을 들고 왔을 때부터 알 수 있었다네. 불과 같은 어떤 것, 그게 바로 자네의 기질이라네. 타고난 기질을 이해하고 그 강점을 개발하여 자신에게 가장 어울리는 일을 할 수 있다면 그것이 곧 성공과 다르지 않지. 나는 믿네, 자네가 곧 성공하리라는 것을."

사장은 흐뭇한 표정을 지어보였다.

"비록 자네의 과거가 볼품없었다 하더라도 과거에 얽매이지 말게. 과거의 자네는 능력을 팔지 못하고 아까운 시간을 팔며 월급을 받아온 무능력한 사람이었지만 이젠 다르지 않나. 그리고 자네에게는 '사무침'이라는 가장 좋은 무기가 있질 않나. 사무침이 자네를 성공에 이르게 할 것일세. 하지만 자네가 과거 때문에 많이 힘들다면 과거를 잊을 가장 좋은 약을 하나 주지."

나는 그런 약이 과연 있을까 하는 얼굴로 사장을 바라보았다. 그런 나를 바라보며 사장은 내 손을 벌리더니 손바닥 위에 900원을 올려 주었다.

"아니, 사장님! 과거를 잊을 약이 900원인가요?"

사장은 웃으며 대답했다.

"저기 버스정류장이 보이지? 방금 떠난 버스를 아깝게 놓치고 정류장에 서 있는 사람을 어떻게 생각하나?"

"간발의 차이로 버스를 놓쳤으니 안타깝죠. 그리고 상당히 기분이 안 좋을 거라 생각됩니다."

"저게 지금까지의 자네의 인생이었네."

나는 놀란 목소리로 말했다.

"저게 제 인생이라니요? 그게 무슨……."

"자네는 성공 앞에서 항상 한 발 늦었어. 이 세상 사람들의 발걸음은 거의 비슷해. 성공을 하느냐 실패를 하느냐는 아주 미세한 차이지. 자네는 그 작은 차이를 좁히지 못하고 성공을 이루지 못한 셈이야."

나의 폐부를 찌르는 사장의 말에 풀이 죽어 고개를 숙였다.

내가 원하는 것과 나를 기다리는 것

"…그렇군요."

그런 나에게 사장은 우렁찬 소리로 말했다.

"자, 이젠 자네 차례네. 저 정류장에 홀로 서 버스를 기다리는 사람처럼, 이젠 자네 차례네. 저 사람은 비록 전 버스를 놓쳤지만 다음 번 버스에 타는 첫 번째 주인공이 될 걸세. 그게 내가 자네에게 말해주고 싶은 거였다네. 과거의 아픔을 치유하는 가장 좋은 약은 긍정의 힘이야. 버스를 놓쳤더라도 다음 버스에는 첫 번째 주인공이 될 수 있다고 생각하게. 자넨 그럴 자격이 충분하네."

나는 사장의 말에 다시 고개를 들었고 사장은 내 어깨에 손을 올려 부드럽게 토닥이며 말했다.

"그리고 지금까지 내가 알려준 성공의 기술을 항상 기억하게. 자네의 그 노력하는 정신이 내가 알려준 성공의 기술과 합쳐져 자네를 최고에 이르게 만들어 줄 테니."

나는 그제야 사장의 깊은 뜻을 알고 감동을 받았다.

"저는 제 인생에 이렇게 행복한 날이 있을지 상상하지 못했습니다."

"이 세상의 모든 것들은 가까이에 있네. 그게 행복이든 불행이든. 내가 말하고 싶은 성공이라는 것도 자네 가까이에 있어."

나는 주변을 휙 돌아보며 능청스럽게 말했다.

"하하. 제 주위 어디에 있다는 말씀이십니까?"

그리고는 다시 진중하게 물었다.

"좀 전에 저에게 '사무침'이라는 것이 있다고 하셨는데, 저는 그게 무엇을 의미하는 건지 잘 이해가 되지 않습니다."

사장은 나를 바라보며 말했다.

"자네를 나에게 인도해 준 부장과 자네의 어머니, 사랑스러운 동생. 그게 자네의 성공을 위해 가장 소중한 것이네."

"물론 저에겐 세상 그 무엇과도 바꿀 수 없는 아주 소중한 사람들입니다. 하지만 그게 성공과 무슨 관계가 있나요?"

"성공이라는 건 삶의 이유가 아닌 목적이야. 그건 바로 사무침이지. 자네는 아버지가 돌아가신 가정에서 어머니와 동생을 위해 살아야겠다는 목적으로 열심히 살아왔지. 그 결과 이렇게 나와 부장이라는 인연을 만나게 되었지. 결국 가족을 생각하며 살을 에는 추위에 꾹꾹 눌러쓴 '군고구마 4개 2천 원'이라는 글귀처럼 자네가 가족을 생각하는 눈물겨운 사랑이 이런 결과를 만든 것이지. 결국 성공을 위해 가장 중요한 것은 '어떤 면에서 어떻게 확실한 차이를 만들어 낼 수 있을까' 보다는 이루고자 하는 것에 '얼마나 큰 사무침이 있는가?'로 이야기할 수 있다네. 이것이 바로 '성공'의 핵심이라고 할 수 있지. 자네가 어떤 일에 사무치는 때와 그것을 이루는 때는 다르지 않네. 쉽게 말해 자네가 이루고자 하는 것을 생각할 때 '뭔가 가슴에 자꾸 사무치는 것 같다'는 생각이 든다면 자네는 이미 성공한 것이나 마찬가지라네."

사장은 계속 말을 이었다.

"하지만 일에 대한 사무침은 눈곱 만큼도 찾을 수 없는데 자신의 프로필을 자랑처럼 내세우며 '이 정도면 성공할 수 있겠냐'고 묻는 사람들이 있어. 그럴 때면 참 어이가 없지. 나는 그런 사람들에게 이런 얘기를 해준다네."

"어떤 말씀을 하십니까?"

"이렇게 얘기하지. 그런 이력서 따위는 집어치우고 자신의 삶을 돌아보게. 자신의 성공이 궁금하다면 그따위 종이 쪼가리에 연연하지 말고 자네가 지금까지 성공을 위해 흘렸던 눈물방울을 세어보게, 사무치는 만큼 성공의 자리로 다가갈 수 있을 테니."

나는 고개를 끄덕이며 말했다.

"참, 사장님 저와 대화를 나누다가 다음에 말씀해 주시기로 한 그것의 답이 뭐죠? 가장 중요한 게 남아 있다

210
211

고 말씀하셨잖아요."

"하하. 자네, 기억력도 참 좋군. Silent listening을 말하는 건가?"

"맞습니다. 그런데 혹시 그 Silent listening이라는 게 조용한 듣기라는 뜻 맞습니까?"

사장은 고개를 끄덕이며 말했다.

"그래, 대체로 그런 뜻이지. 그 의미를 알아냈나?"

나는 잠시 생각에 잠긴 후 말을 이었다.

"사실 어제 회사에서 중요한 바이어가 공항에 도착한다는 소식을 듣고 제가 그 바이어를 맞으러 가는 중요한 일을 하게 되었습니다."

"아, 그래. 그 소식은 자네 회사 부장에게 들었네. 일을 멋지게 성사시켰더군. 어떻게 성사시킨 건가? 상황이 좋지 않았을 텐데."

"그렇습니다. 공항에 나가 보니 저희 회사만 그 바이어가 오는 사실을 알고 있었던 게 아니었습니다. 다른 회사들도 어떻게 그 소식을 알았는지 여러 명의 사람이 이미 공항에 도착해 그를 기다리고 있었습니다. 참 당황스러웠죠. 저 많은 경쟁자로부터 어떻게 바이어를 우리 회사로 데려갈 수 있을까."

나는 그때를 회상하니 숨이 차오르는 것 같아 잠시 숨

을 고르며 이야기했다.

"공항에서 30분을 기다리니 그 바이어가 나왔습니다. 동시에 여러 사람이 한꺼번에 그 사람에게 몰려갔죠. 사람들은 앞다퉈 그 바이어에게 자신의 회사 이름을 말하며 그를 데려가기 위해 필사적인 몸부림을 쳤습니다. 그건 마치 시장의 소란스러움과 크게 다르지 않았습니다. 바이어는 그 사람들에게 뭐라고 말하는 것 같았지만 사람들은 그의 이야기를 들으려 하지 않고 경쟁에서 이겨야 한다는 급박함에 자신의 말만 했습니다. 그때 상황을 유심히 지켜보던 제가 그 틈을 비집고 들어갔습니다."

사장은 귀 기울여 내 이야기를 듣고 있었다.

"그런가? 그래서 어떻게 했나?"

"저는 '당신을 우리 집에 초대하겠습니다. 부담 없이 쉬었다 가십시오.'라고 했습니다."

사장은 의아해했다.

"아니, 난데없이 쉬었다 가라니… 그리고 집에 초대를 한다니, 그게 무슨 말인가? 자네는 바이어를 회사로 데려가기 위해 그곳에 간 게 아니었나?"

나는 미소를 지으며 말했다.

"많은 경쟁사가 그 바이어에게 다가가 자신의 회사를 소개할 때 바이어가 뭔가 말을 했다고 하지 않았습니까.

저는 몇 발 옆에서 그 소리를 분명하게 들었습니다. 그건 바로 '피곤합니다. 나는 지금 쉴 곳이 필요합니다' 라는 말이었습니다."

그제야 사장은 이해를 했다는 듯 미소를 보이며 말했다.

"그래, 그래서 그 바이어는 자네에게 뭐라고 하던가?"

"그 바이어는 감탄한 얼굴로 말했습니다. '당신은 다른 사람처럼 자신의 의견만 내세우는 사람이 아니군요. 피곤하다는 나의 얘기를 듣고 당신의 집에 나를 초대하겠다고 한 당신에게 감동했습니다. 당신의 회사 이름이 뭔지 알 수 없지만, 그 회사에서 일하는 당신을 보니 당신의 회사에 믿음이 갑니다' 라는 말과 함께 저희 집에 함께 갔음은 물론, 계약도 긍정적으로 검토하겠다는 말도 했습니다."

나는 계속 말을 이었다.

"그 바이어를 만나면서 저는 사장님이 말씀하신 Silent listening의 의미를 알았습니다. 그건 자신의 의견을 말한 후에 상대방의 의견도 자신의 의견을 말하듯 진지하게 들어주라는 것 아닙니까?"

사장은 호탕하게 웃으며 만족한 듯 말했다.

내가 원하는 것과 나를 기다리는 것

"이제 하나를 알려주면 열을 아는군. 그래, 맞네. 자네 동생이 몸이 아파 심적으로도 힘든 상태일 텐데 고생이 많았네. 사람의 말을 들어준다는 것은 아주 중요한 일이야. 사람들은 누구든지 자신의 입장만을 내세우며 자신의 의견이 관철되기를 바라지. 하지만 그건 바람일 뿐, 그 바람이 실현되기 위해선 상대방의 의견을 듣는 것은 필수적인 것이지. 상대방의 의견을 듣고 자신의 의견을 말한다는 것은 그 사람과 자신과의 간격을 줄여가며 타협을 보는 거라네. 그리고 더욱 중요한 건……."

"더욱 중요한 건 무엇입니까?"

사장은 침을 한 번 삼키더니 다시 입을 열었다.

"쓰레기가 남발된다는 거야."

"네? 쓰레기라니요?"

"상대방의 깊은 이해가 없는 말은 쓰레기와 같지."

나는 아무리 쓸데없는 말을 할지라도 말이라는 것을 쓰레기에 비유하는 것은 좀 적절하지 않다는 생각을 하며 물었다.

"아무리 그래도 쓰레기라는 표현은 좀 니무한 것 같습니다."

사장은 주위를 살피더니 한쪽에 놓여 있던 무가지를

가지고 왔다. 그리고는 한 장을 빼내어 동그랗게 구기더니 나에게 말했다.

"받아보게."

순간 황당했지만 나의 가슴에는 사장에 대한 믿음이 있었기에 이 황당한 일에도 어떠한 의미가 있을 것이라 생각했다.

사장은 나를 향해 그 종이를 던졌고, 나는 그리 어렵지 않게 받을 수 있었다.

"잡았군."

나는 멋쩍게 손을 내려다보며 대답했다.

"네, 잡았습니다. 하하하."

사장은 곧 진지한 얼굴로 말하기 시작했다.

"내가 던진 종이는 잡을 수 있었겠지만, 내가 지금까지 한 말들을 자네의 두 손으로 잡을 수 있겠나?"

나는 대답할 수 없었다. 물체를 잡는 건 어느 정도까지는 가능하지만 형체가 없는 언어를 잡는다는 건 불가능한 일이었다.

"……."

"역시 대답하지 못하는군. 당연한 일이지. 말을 어떻게 잡을 수 있겠나. 그래서 말이라는 것은 잡는 게 아닌 가슴에 담는 거야. 그걸 알려주기 위해서 내가 자네에게

내가 원하는 것과 나를 기다리는 것

종이를 던졌다네."

"사장님, 좀 더 구체적으로 설명해 주세요."

"자네가 종이를 잡지 않았다면 어떻게 됐을까? 당연히 땅에 떨어졌겠지?"

"네, 그랬을 테지요."

"그럼 땅에 떨어진 그 종이는 땅에 닿는 그 순간부터 쓰레기가 되는 거야. 하지만 자네가 그 종이를 잡음으로 해서 종이는 종이 본래의 이름을 유지할 수 있지. 그처럼 말도 같아. 상대방이 내가 한 말들을 가슴에 담지 않으면 그 언어들은 입에서 흘러나옴과 동시에 땅바닥에 버려지는 쓰레기가 되는 거야. 보이지 않아 치우지도 못하는 그야말로 쓰레기가 되는 거지."

"사장님의 말에 대한 논리는 Silent listening을 더욱 확고하게 실현시킬 수 있는 좋은 방법이 되겠군요."

"그렇지. 사람과 사람 사이를 이어주는 가장 짧은 거리는 언어가 소통되는 길이니까. 쓰레기가 아닌 가슴에 담길만한 언어를 구사한다는 것은 아주 중요한 일이지. 그건 서로의 믿음을 기본으로 깔고 시작하는 일이야."

사장이 물끄러미 나를 바라보더니 말했다.

"근영 씨는 앞으로 잘할 수 있을 거야. 그동안 배운 성공에 대한 일곱 가지 방법을 행동에 담고 움직인다면 세상의 모든 만물이 근영 씨를 따라다니며 성공의 길로 인도해 줄 테니까."

사장의 말을 들으니 자신감이 생겼다. 그리고 다짐을 했다.

내 나이가 주는 혼란스러움에 대해 불만을 토로하거나 아까운 나의 삶을 회사에 팔며 사는 것 따위는 절대 하지 않겠다고. 이제 나는 회사에 팔 질 좋은 능력을 가지고 있다고. 그리고 나는 더 이상은 지금처럼 살고 싶지 않다는 강인한 의지를 가지고 있었다. 그것은 큰 힘이었다.

"참, 내가 말을 너무 많이 한 것 같군. 하하하, 우리 다함께 밥이나 먹으러 가지. 오늘은 동생 수술도 성공적으로 끝났고, 자네처럼 능력 있는 친구를 내 회사로 끌어들인 좋은 날이니 밥은 내가 사지."

동생의 성공적인 수술이라는 사장의 말을 들으며 나는 내가 바라는 것과 나를 기다리는 것을 일치시키는 일곱 가지 방법을 다시 되새겼고, 어느새 내가 바라는 것들이 이루어졌음을 알게 되었다.

그 순간, 그동안 깜빡 잊고 있던 것이 머릿속에 불현듯 떠올랐다.

내가 원하는 것과 나를 기다리는 것

"사장님, 죄송하지만 그전에 잠시 들를 곳이 있습니다."

"그런가? 그럼 내 차로 다 함께 가세."

나는 병실에 있던 어머니와 부장을 모시고 나와 사장의 차를 타고 내가 꼭 가야할 장소로 갔다.

"여깁니다, 사장님."

사장은 차를 세우며 말했다.

"동물병원은 왜 오자고 했나?"

나는 웃으며 말했다.

"여기 저랑 꼭 닮은 놈이 하나 있거든요."

나는 병원 안으로 들어가서 한결 가벼워진 두 손으로 맡겨두었던 강아지를 들어 올렸다.

강아지 수술을 위해 이곳을 처음 왔던 날, 다시는 이곳에 올 일이 없을 줄 알았다. 더구나 이렇게 당당한 걸음으로……

강아지는 일주일 전과는 다르게 건강한 모습이었고 쇠줄에 조였던 목도 이젠 거의 다 나아 있었다.

강아지를 들고 있는 나 역시 분명히 달라져 있었다. 나를 보며 힘 있게 꼬리를 흔들 만큼 건강해진 강아지처럼 나에게도 분명 뭔지 모를 힘이 생겼다.

영문을 잘 모르는 사장은 의아해 하며 내게 말을 걸었다.

"갑자기 웬 강아지인가?"

"이놈은 아주 특별한 놈입니다. 저를 다시 돌아보게 만들어준 고마운 놈이거든요."

생각지도 못했던 행복함에 감격스러워 눈물을 흘릴 뻔했다. 하지만 마음을 가다듬고, 나를 여전히 의아한 눈빛으로 바라보고 있는 사장에게 큰 소리로 외쳤다.

"사장님!"

사장은 뜬금없는 내 모습에 깜짝 놀라 나를 바라보았다.

나는 웃는 얼굴로 강아지와 눈을 살짝 마주치고는 이 세상에 태어나서 가장 자신있는 목소리로 사장에게 말했다.

"사장님! 이제 제 목도 편안합니다."

빌딩 숲 아래에서 내 목은 이 세상의 어떤 받침대보다 가장 편안한 상태로 나를 지탱해 주고 있었다.

그것은 내가 바라는 것과 나를 기다리는 것에 대한 일치를 의미했다.

이제 나는 내 삶에서도 뭔가를 이루어냈다는 성취감

내가 원하는 것과 나를 기다리는 것

을 느낄 수 있었다. 서랍에 숨겨두고 싶을 만큼 탐나게
빛나는 햇살이 넉넉하게 내 목을 감싸고 있었다.

모든 것의 시작은 '사무침'이다

당신은 자신이 무언가를 이루기 위해 가장 필요한 것이 무엇이라 생각하는가? 많은 답이 나올 수 있다. 하지만 거꾸로 무언가를 이루고자 할 때 가장 방해가 되는 것이 무언인지를 생각해 보면 답은 쉽게 나온다. 무언가를 이루고자 할 때 가장 방해가 되는 것은 바로 당신을 '포기'하게 만드는 절망의 감정이다. 이때 그것을 막아주는 가장 커다란 힘이 바로 사무침이다. 사무침은 당신이 중도에 포기하는 것을 막아주는 가장 커다란 힘이다. 더 많은 사무침이 당신 안에 존재할수록 포기를 종용하는 적의 힘이 약해진다.

사무침은 인내와 다르다. 그것은 그냥 당신이 가는 길을 그대로 가게 만드는 힘이다. 이루고자 하는 그것에 사무침이 있다면 길을 걷다 잠시 쉬는 시간조차도 아깝게 느껴질 것이다. 움직이지 않은 채 고민하고 걱정하며 보내는 시간을 아깝게 만드는 힘, 그것이 바로 사무침의 힘이다.

아이러니하게도 지금 하고 있는 일을 버리고 싶으면서도 동시에 그 일을 잃게 될까 봐 두려워하는 사람들이 직장 속에 적어도 80퍼센트는 존재하고 있다. 그들은 자신이 하고

있는 그 일에 사무쳐 있지 않은 사람들이다. 그런 사람들은
제아무리 열심히 일해도 자신의 일에서 무언가를 이루어 내
기 힘들다.

EPILOGUE

성공에 농담을 걸어라

서로를 알면 알수록 당연히 할 얘기는 많아지고 관심도
많아지지만 알지 못하면 애정이 생기기 힘들다.
애정의 부재는 농담 한마디 하기 힘든 서먹서먹한 사
이로 만든다.
가진 건 시간밖에 없다 생각하고 그동안 어리석게도
가장 소중한 내 삶의 시간을 팔아먹고 살았다.
지난 시간들을 뒤로 하고 이제 나는, 내 시간이 아닌 내
능력을 팔 수 있는 힘이 생겼다.
그렇게 성공이라는 것을 알게 됐고 그것에게 애정을
가지게 됐다.

그리하여 나는 외친다.

목 주위가 뻣뻣했던 사람들아!
이제 성공이라는 놈에게
농담 한마디 걸어보자.